사유악부 시인선 05

우리 동네 아저씨들

정병근 시집

사유악부 시인선 05

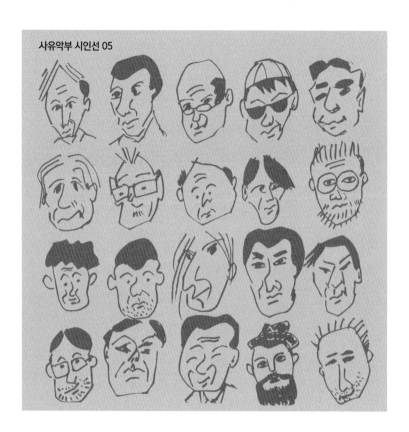

우리 동네
아저씨들

정병근 시집

사유악부

시인의 말

언어주의자인 나는 모든 것을 읽/는/다. 나를 읽고 너를 읽고 우리의 안과 밖을 읽는다. 사물이 나타내 보이는 형태와 색은 물론이고 보이지 않는 이면까지 읽어내려고 애를 쓴다. 여기에 등장하는 50여 명의 인물들을 읽는 데 꽤 오랜 시간이 걸렸다. 읽기도 힘들었지만 쓰는 데 더욱 게을렀다. 아무것도 하지 않으면 아무것도 되지 않는다. 이 시대에 '아저씨'라고 불리는 인칭 명사에 주목한 것은 거기에 내가 포함되어있기 때문이다. 그들이 영위하는 삶의 안쪽을 슬쩍 훔쳐보면서 나의 한 부분을 발견한다. 결국 그들은 나의 다른 모습들이다. 그들은 시공간을 타고 달리는 빛의 다발 속에서 각자의 운명을 안고 살아가는 세파여행자이며, 곧 유한한 종국을 맞이할 빛나는 실패자들이다. 간판은 삶과 밀접하다. 그들이 섬기고 사는 간판의 내부를 들여다보고, 거기에 소문과 짐작을 버무렸다. 그들과 동시대를 사는 것에 감사한다.

차례

화분 아저씨

　그는 가볍다. 그가 몰고 다니는 1.5톤 트럭엔 백여 개 남짓한 화분이 실려 있는데, 난초 미니장미 베고니아 꽃기린 제라늄 시클라멘 아이리스처럼 작은 것에서부터, 벤자민 행운목 홍콩야자 관음죽 몬스테리어 파키라 등등의 관엽목들과 소사나무 분재까지 아파트 길가에 조랑조랑 내려놓았다. 숯에다 풍란을 올린 화분도 몇 개 있다.

　"아유, 예쁘기도 해라." "이건 무슨 꽃이에요?" 아주머니들이 트럭 앞에 쪼르르 모여 한마디씩 한다. 덩치 큰 나무 화분보다 계절화나 미니선인장 화분들이 인기다. 그는 아줌마들에게 꽃 이름과 물 주는 법을 제법 자상하게 설명해주는 듯하지만, 그럴 때 그의 얼굴을 조금이라도 주의 깊게 본다면 성의 없는 표정을 단박에 알아차릴 수 있다. 누가 화분을 사든 말든 그는 별로 관심이 없다.

　매사가 그랬다. 그는 실패의 연속인 자신의 인생에 대해 오래, 심각하게 생각해 본 적이 없다. 그는 좀처럼 놀라거나 당황하지 않는다. 부모님이 돌아가셨을 때조차 눈물 한 방울 흘

리지 않았다. 대체로 친구와 형제의 도움 없이 혼자 가족을 부
양하며 살아왔는데, 주량도 기껏해야 소주 한 병이면 알딸딸
해진다.

  실패도 좌절도 가벼운 만큼 성공이나 행복 또한 가벼울 것
이다. 그는 해가 제법 남은 오후인데도 벌써 화분들을 슬슬 거
둔다. 언제든지 집으로 돌아가 입 꾹 다물고 텔레비전을 볼 준
비가 되어 있다. 아이들이야 소란을 피우든. 어쩌면 그의 죽음
도 영혼도 화분처럼 가볍기만 할 것이다.

자연약국 김 약사

그는 아저씨가 아니고 선생님이다. 꼬마들이 무심코 아저씨라고 부르기라도 하면 그는 일단 미간부터 찡그린다. "아저씨가 뭐야. 약사 선생님이라고 해야지." 눈치 빠른 엄마의 핀잔을 확인하고서야 "어이쿠, 우리 꼬마 환자님. 감기 걸리셨군요." 하며 활짝 웃는다. 이를테면 옆집 슈퍼 아저씨나 세탁소 아저씨 할 때의 그 아저씨들과는 뭔가 달라야 한다는 우월감 같은 것이다.

문제는 남자들인데 이들은 대개 처방전도 없이 불쑥 들어와서는, "아저씨 술 깨는 약 좀 주세요." 한다든지, "뭐 좀 확 풀리는 거 없어요? 우루소 두 알하고 휘청수나 하나 줘 봐요." 약사 선생님으로서의 자존심이 무너지는 순간이다. 그래도 남자들은 시원시원해서 좋다. 기껏해야 만 원 미만인 약값을 따지고 드는 쩨쩨한 남자는 없으니까. 드링크제를 마시고 트림까지 하는 남자라면 정상가격보다 천 원 정도 더 받아도 상관없다. 기분이다.

남자들이 회사에 나가고 없는 낮에는 아주머니들과 할머니들이 위층 가정의학과에서 받은 처방전을 들고 와서는 "아이고, 내가 아파서..." 한참씩 수다를 떨다 가곤 하는데, 그는 이 때야말로 선생님으로서의 권위를 한껏 과시하면서 건강에 관한 어드바이스를 해주는 척하다가, "아이고, 나하고 똑같네!" 상대방이 맞장구를 세 번 정도 칠 때쯤이면 슬그머니 "이걸 한 번 복용해 보시죠."라며 권한다. 대개 외국 이름의 알약이나 건강 보조 약품들이다. "어서 오세요." 컴퓨터 화면을 보고 있던 그가 일어나며 오늘의 열두 번째인가 열세 번째 고객을 맞는다. 며칠 전에 호주산 로열제리 농축 캡슐 한 세트를 사 갔던 단골 아주머니다.

으뜸건강원 배 씨

〈산삼 녹용 백사 흑사 개소주 흑염소 달팽이 가물치 붕어 중탕, 건강 상담 환영〉붙여놓은 대로라면 가게 안에 백 년쯤 묵은 산삼과 백사가 있기는 있어야 하겠지만 그건 별로 중요하지 않다. 일단 그렇게 붙여놓고 보는 것이다. 확신의 화신처럼 살아온 그의 내력을 조금이라도 아는 사람이라면 그 앞에서는 없는 백사도 있다고 믿을 수밖에 없다. 대머리인 그의 얼굴은 과연 백사와 산삼을 밥 먹듯 해서 그런지 피부색이 유난히 검붉다.

젊은 시절 그는 알아주는 땅꾼이었다. 그가 잡은 뱀만 해도 몇만 마리는 족히 될 것이다. 그는 전국의 웬만한 산과 골짜기는 안 가 본 곳 빼고 다 가봤다. 그만큼 눈도 빨라서 붙박이 동네 사람들을 깔보는 습관이 있다. 술자리도 시시하고 재미없다 싶으면 남은 술을 단숨에 비우고 미련 없이 자리를 떠버린다.

"안녕하세요." 그는 아침 일찍부터 문을 열고 가게 앞에 나와 서성거리다가 지나가는 동네 사람들에게 인사를 건넨다.

이미 그의 고객이 된 사람들도 있고 한 번쯤은 그에게 건강 상담을 받아야 할 사람들이다. 아무리 의심 많은 '정금당' 정 씨라도 그의 가게에 끌려 들어가서 불과 5분 정도만 이야기를 듣고 나면 나올 때는 최소한 붕어 중탕 물표 하나는 들고나와야 한다. 제일 싸고 밤에 좋단다.

인생은 확신이다. 사람들은 확신에 찬 그를 숭배한다. 그는 의심이 많은 고객을 위해서라면 죽었다가 살아난 사람에 대한 진짜 같은 거짓말 두세 편쯤은 언제든지 풀어먹일 준비가 되어 있다. 괴목으로 만든 테이블 한쪽엔 미니 폭포가 큰 유리구슬을 굴리고 십전대보탕 향이 가게 안을 은은히 채우고 있다.

까치문구 최 씨

말이 문구점이지 잡화점이나 다를 게 없다. 각종 펜과 노트, 스케치북은 기본이고 스타 다이어리, 만화책, 참고서, 변신 로봇 세트에다 요즘 유행하는 톱블레이드 팽이와 유쾌왕 카드, 마블 게임 세트, 바둑판 축구공 배구공 농구공 배드민턴 채 줄넘기 실내화 등등이 빽빽하게 쌓이고 걸린 그의 가게는 마치 베트콩이 뚫어 놓은 땅굴처럼 복잡하고 어지럽다. 비좁고 꼬불꼬불한 통로를 왔다 갔다 하면서 아이들을 상대하느라 그의 몸은 구겨진 파지처럼 꼬깃꼬깃하다.

오늘은 일요일이라 가게 앞에 내놓은 아케이드 게임기에는 아침부터 아이들이 박작대고, 축구공 바람 넣으러 오는 아이들, 딱지 사러 오는 아이들로 시끄럽지만 오백 원짜리 천 원짜리 장사라 종일 팔아도 매상은 기껏해야 십만 원을 넘기기 어렵다. 요즘은 학교에서 미술 준비물을 일괄 구입하는 바람에 물감이나 스케치북은 잘 나가지 않는다. 모서리에 위태롭게 걸린 TV로 바둑 방송을 볼 때는 아이들이 불러도 대답만 보내놓고 잘 일어나지 않는다. 답답한 아이들이 알아서 계산하고 돈을 갖다 바친다.

점심때가 되자 청국장 끓이는 냄새가 가게 안까지 자욱하게 밀려온다. 아이들만 상대하다 보니 그의 생각도 작아져서 몇 백 원까지 일일이 따지면서 아이들과 말싸움을 한다. 아이들도 그를 그저 쩨쩨한 문구점 아저씨로만 취급할 뿐 어른으로 쳐주지 않는다. 마블 카드를 사러 온 한 무리의 아이들이 큰소리로 그를 부르며 들이닥쳐도 먼 대답만 들려올 뿐, 어두운 방문은 좀처럼 열리지 않는다.

샬롬베이커리 김 집사

'여기 오는 모든 이에게 평화를' 불에 슬쩍 그슬린 널빤지에다 벌겋게 달군 인두로 새겼을 법한 문구를 벽 중앙에 걸어놓았다. 빵 가게를 주님의 사업으로 여기는 그는 주님의 종답게 부지런하다. 매일매일 신선한 빵을 굽기 위해 새벽부터 밀가루 반죽을 서두르는데, 주님 덕택인지 쉰 살이 넘었음에도 그의 눈은 초롱초롱 빛나고 목소리는 에너지가 충만하다. 그는 어찌나 자상한지 아이를 데리고 빵집에 들어온 손님에게 한사코 빵 하나를 덤으로 쥐여주는 그의 따뜻한 마음씨에 감동하여 나올 때는 흐뭇한 웃음을 베어 문다.

그는 일요일에는 '주일은 쉽니다'라는 팻말을 문에 걸어두고 동네 교회에 나간다. 감색 양복에 붉은 넥타이를 근사하게 매고 교회 일에 앞장서는 그의 모습은 가게에서 빵을 구울 때와는 또 달라서 주님을 믿지 않는 사람이라도 그에게 다가가 기도를 청하고 싶어진다. 부지런히 경조사를 챙기고 다닌 덕택에 신도들 사이에서도 그의 인기는 최고다.

"사람이 무조건 웃기만 해도 무섭더라." 어느 날 '참숯불직

화구이바베큐' 이 씨가 그에게 주사酒邪를 부리는데도 그저 웃기만 하는 그를 보고 온 아내의 말이 그럴 법하다는 생각을 하면서, 사람 좋은 그의 웃음 뒤에 어떤 내심이 숨겨져 있을까 자꾸 추측해 보는 것이다. 늘 웃는 얼굴로, 아무 일 없이, 다 잘될 것 같은, 행복한 샬롬베이커리 김 집사.

과일트럭 아저씨

턱수염이 부슬부슬한 그는 한 때 벌통을 싣고 전국을 누빈 적도 있다. 원인 모를 병으로 벌들을 다 잃어버리기 전까지, 그는 양봉으로 제법 돈을 모았다. 최근엔 중국을 오가며 고추와 참깨를 들여와서 팔다가 후배에게 사기당해 홀딱 말아먹고 지난여름부터 과일트럭을 시작했다.

초겨울 해가 짧아 다섯 시부터 환하게 불을 밝힌 그의 트럭엔 귤과 사과가 산더미처럼 쌓여있다. 플라스틱 광주리에 사과는 다섯 개, 귤은 스무 개씩 담아놓고 무조건 5,000원이라고 써 붙였다. 지루한 낮 시간보다는 퇴근 시간 반짝 장사가 한결 낫다. 직접 맛을 보고 사가라고 깎아놓은 사과 조각을 슬슬 입으로 가져가면서 사람들이 지나갈 때마다 "무조건 오천 원, 오천 원..." 하고 혼잣말처럼 중얼거린다. 이때쯤이면 족발 트럭과 수족관을 단 오징어 트럭도 어느 새 자리를 잡고 있는데, 이젠 얼굴들이 익어서 형님 동생 하는 사이이다. 어떤 날은 사과와 족발을 맞바꾸기도 하고, 오징어회 값으로 귤을 주기도 한다.

꽃을 따라 전국을 떠돌다가, 연락선을 타고 중국을 제집 드나들 듯 하던 왕년의 스케일에 비하면 지금 자신의 꼴이 초라해 보이고 갑갑증이 나지만, 트럭 살 돈도 없어 형님네에게 진 빚을 생각하면 한밑천 잡을 때까지는 과일을 열심히 파는 수밖에 없다. 돈이 좀 모이면 땡처리 전문 옷 가게를 해보고 싶은 것이 그의 꿈이다. "이 귤, 어떻게 해요?" 족발트럭 쪽에서 잡담을 주고받던 그가 "예." 하며 얼른 뛰어와 손님을 맞는다. 노란 불빛의 테두리가 아까보다 더 선명해졌다.

24시감자탕 박 씨

삼십 대 중반인 그의 눈은 늘 충혈되어 있다. '따봉호프' 김 씨, '유현컴퓨터' 손 씨 일당들과 어울려 밤새 고스톱을 친 끝에 삼십만 원 잃은 본전 생각이 나는지 오늘은 초저녁부터 가게 안을 어슬렁거리며 뭐 없을까 하는 표정으로 여자에게 눈힘을 준다. 제법 곱상한 얼굴을 가진 그의 여자도 조금만 유심히 보면 잔나비 상이라 기가 셀 법한데, 두 사람의 침묵이 심상치 않다. 그가 눈으로 '야, 돈 내놔.' 하자, '먹고 죽을 돈도 없네.' 하고 여자가 눈으로 되받는다.

이렇듯 장사는 뒷전이니 감자탕이건 순댓국이건 맛이 있을 리 있나. 저녁 시간인데도 손님 하나 없다. 붉은 글씨로 '24시간 영업'을 강조한 걸로 봐서는 아마 이 장사를 시작하기 전에 '24시간 해장국' 집에서 해장국을 먹다가 둘이 거의 동시에 번쩍 떠올린 비장의 개업 아이템일 법하다. 하지만 손님이 있어야 24시간이지, 떼돈은 벌리지 않고 야금야금 빚만 늘어가자 요즘은 0시도 못 채우고 문을 닫는 날이 많아졌다.

어쨌든, 그는 가파르고 꼬인 성깔 하나로 자신의 여자를 꼼

짝 못 하게 다그치는 재주는 타고났다. 순댓국 국물을 반이나 더 남기고 일어서는 손님의 뒤통수에다 대고 "안녕히 가세요." 하는 그의 인사 소리가 유난히 명쾌하다. 오늘 밤, 저 여자, 몹시 당할지도 모른다.

대한설비공사 정 씨

'지금 외출 중이니 아래 전화번호로 연락 바람.' 수도꼭지를 고쳐 달라거나 욕실 하수구를 뚫어달라고 찾아가지만, 그는 대개 가게를 비울 때가 많다. 이럴 땐 아래 전화번호로 전화를 하든지 저 너머 사거리 쪽 중앙설비로 가보는 수밖에 없다. 간판 이름을 보면 '한국토지주택공사' 할 때의 '公社'인지 '보수공사' 할 때의 '工事'인지 일부러 헷갈리게 해놓았다. 앞의 '대한'이라는 말도 그렇다. '대한육상연맹'이나 '대한광복회' 정도면 모를까 기껏 설비보수를 하는데 '대한'까지 붙일 이유가 어디 있느냐 말이다. 큰 이름 가진 사람치고 친절한 사람 별로 못 봤다. 대업, 대두, 대출 등은 얼마나 크고 센 이름들인가.

지금 출타 중인 그는 간판 이름처럼 거만하고 불친절하기 짝이 없다. 한 번 왔다 하면 수도꼭지 하나 조이는 데도 무조건 출장비 이만 원에 공임 삼만 원 해서, 도합 오만 원은 기본이다. 왔으면 고장 난 것만 고치면 되지, 옆에 변기와 샤워기를 새 걸로 바꾸라는 지시를 받을 때면 "아직은 쓸 만하잖아요? 헤헤." 같은 대답까지 해야 한다. 늘 바쁜 척하면서 생색은 얼마나 내는지 고객인 내가 오히려 굽실거리며 바쁜데 왕

림해 주셔서 감사하다는 인사를 올려야 할 정도다.

　자기는 큰 공사를 하는 사람인데 조그마한 일은 다른 사람을 불러다 시켜라 뭐 이런 얘기다. 아니꼬운 생각 같아선 확 내가 고쳐버리고 싶지만, 그 잘난 연장이 없으니 뭔가 고장 날 때마다 조마조마한 심정으로 그를 또 부를 수밖에 없다. 날은 덥고 하수구는 막혔는데 샤워를 하겠다고 식구들이 동동거릴 땐 정말이지 큰소리 땅땅 치며 출타 중인 그가 그리울 때도 있다. 크게 공사를 한 번 하긴 해야 할 텐데...

중국성 이 씨

'城' 자가 큼지막하게 새겨진 간판을 달았지만, 불투명으로 선팅한 섀시 문을 밀고 들어서면 서너 평도 채 안 되는 공간에 식탁 네 개와 동글뱅이 의자 여남은 개가 전부다. 홀 안쪽에 딸려 있는 살림방은 굳이 감출 것도 없다는 듯 방문을 열어놓았다. 낡은 장롱 옆에 TV가 놓여있고 옷가지와 책들이 어지럽게 널려있는 그 방에서 숙제를 하는지 아이 둘이 엎드려 뭔가를 쓰고 있다. 그는 주방을 맡고, 아내가 배달 주문을 받는다.

점심때라 아내가 잠시 화장실을 간 사이에도 계속 전화벨이 울어댄다. 간짜장 소스를 볶던 그가 나와서 전화를 받는다. 앞치마는 기름때로 번들번들하다. 배달 나간 알바는 20분이 넘도록 무소식이다. 볼펜 똥이 다닥다닥 묻은 주문장에다 기록을 하면서 그가 홀 한쪽을 힐끔거린다. 안주는 고사하고 짬뽕국물 타령만 해대는 최 씨 일파들이 아니꼬와서 한마디 하려다가 참고 있는 중이다. 퍼준 짬뽕국물만 벌써 세 그릇째다. 식으면 덥혀 달라, 비면 채워 달라. 그가 중국집을 해서 알 돈을 제법 모았다는 소문이 나자, 최 씨 일파들은 술만 취하면 한 잔 사라고 생떼를 부린다. 그는 이 동네에 터를 잡고 산 몇 년 동안 밖에서 술을 마셔 본 적이 없다.

그가 좁쌀에 밴댕이 같은 놈이라는 막말까지 들어가면서 그까짓 술 한 잔 값에 벌벌 떠는 이유는 아내밖에 모른다. 하루빨리 이 꼬질꼬질한 동네를 떠나서 강남 어디쯤에다 크고 근사한 중화요리 집을 열어보고 싶은 그의 원대한 포부를 주정뱅이 최 씨나 사기꾼 같은 배 씨가 알 턱이 있나. 그는 근사한 양복에 나비넥타이를 매고 고객을 맞이하는 친절하고 멋진 사장의 모습을 그리며 오늘도 열심히 짜장면과 짬뽕과 탕수육을 만들 뿐이다.

족발트럭 부부

대략 오후 6시에서 10시 사이, 3동 아파트 입구 쪽에 불을 환하게 밝히고 족발을 썰고 있다. '금방 삶은 따끈따끈한 족발 – 대 20,000원, 중 15,000원, 소 10,000원'이라고 써 붙여놓았다. 한 아저씨가 김을 펄펄 날리며 꼬치 어묵을 먹고 있다. 국물이 너무 뜨거웠는지 마셨던 국물을 컵에 게워 낸다. 여자는 얼른 눈길을 피하며 족발을 썰고 있는 남자에게 물은 어디 있느냐고 핀잔처럼 고시랑거린다. 남자가 트럭 밑으로 고개를 박더니 물을 꺼낸다. 남자가 거칠게 도마를 쓱쓱 긁는다. "거, 족발 소짜 하나 주세요." 어묵을 한입에 욱여 넣은 아저씨가 족발봉지를 들고 황급히 사라진다.

과거는 묻지 마라. 족발 써는 주제에 웬 흰 가운에 흰 모자냐고. 한때는 그도 전국지도가 깔린 탁자 앞에서 현황을 보고받고 대책을 지시한 적이 있다. 그동안 그가 배운 것은 오로지 경쟁에서 살아 남기였으니 못할 일이 무엇이겠는가. 그는 자신이 초라하게 생각될 때마다 TV와 신문에서 본 수많은 성공담을 떠올리곤 마음을 가다듬는다. '무점포로 월 1,000만 원 벌기' '퇴근길 틈새를 노려라!' '300만 원으로 100억 번 이야기’ ‘망해야 흥한다’ 등은 그가 최근에 읽은 책들의 제목이다.

    그가 시계를 본다. 벌써 11시가 넘었다. 팔린 족발보다 안 팔린 족발이 더 많다. 랩을 씌운 족발 도시락들이 불빛에 반짝인다. 여자가 트럭 주위를 쓸며 들어갈 준비를 한다. 오늘 안 팔린 족발의 운명이 어떻게 되는지 손님이 걱정할 필요는 없다. 남자는 다만 성공담의 주인공이 되어 인터뷰를 하고 싶다. 간절하게... 남자는 차양을 걷으며 ‘내일은 내일의 태양이 뜬다’는 영화 대사 같은 말을 떠올린다. 바퀴를 몇 번 급하게 꺾은 트럭이 서서히 단지를 빠져나간다.

채소장사 천 씨

잘생긴 외모와 호감 어린 목소리를 가진 그가 아파트 앞에 트럭을 끌고 나타나는 이유는 물론 채소를 팔기 위해서다. 그는 너무 자신의 일을 즐기고 있는 듯해서 어떤 여유마저 느껴진다. 트럭에 채소 싣고 다니는 뜨내기답지 않게 밝고 씩씩한 그의 인사를 받은 남자들은 마지못해 아는 체를 해 준다. 하지만 여자들의 경우는 좀 더 적극적이어서 그가 말이라도 걸면 뭐가 그리 좋은지 한참씩 수다를 떨다가 손에 들린 채소 봉지를 확인하고서야 아참, 바쁘다며 종종걸음을 친다. 벌써 일 년 가까이 같은 시간에 같은 자리를 지키다 보니 붙박이 가게 못지않게 단골들이 생겼다.

그런 그가 바로 맞은편 가정집 담장을 헐어 만든 가게를 얻어 과일과 채소를 함께 팔기 시작하자 여자들은 자연스럽게 그의 가게로 몰려들었다. 그의 여자가 가게에 나타난 것도 그 무렵이다. 그는 채소 트럭과 가게를 병행했는데, 남다른 기동력으로 도매 시장에서 직접 싱싱한 과일과 채소를 날라 오니까 손님이 많을 수밖에. 가게와 트럭의 시너지 효과라고나 할까. 옷을 걸어 놓고 팔거나 김밥집을 해도 도무지 장사가 안돼서 비어있기 일쑤였던 곳이 비로소 번듯한 가게로 자리 잡았으니, 과연 가게의 흥망은 주인 나름인가.

그들 부부가 동네에서 자취를 감춘 건 6개월쯤 지났을 무렵이다. 가게엔 그들 대신 웬 대머리 아저씨가 오만상을 찌푸리며 앉아 있다. 주인의 외모도 외모려니와 바나나 썩는 냄새가 진동하는 가게를 찾아 줄 손님들이 많지 않은 건 당연한 일. 채소들도 쉬 풀이 죽어있다. 소문에는 그가 권리금을 삼천씩이나 받아먹었느니, 여자의 눈매가 보통이 아니었느니 어쩌느니 하지만, 물려받은 자의 슬픔을 안고 사는 대머리 아저씨의 면전에 대고 차마 물어보랴. 세상에 그런 사람들이 한둘이어야 말이지.

싱싱수산 한 씨

 그가 쓰는 칼은 칼등이 두껍고 칼끝이 뭉툭하고 둥글넓적한 날을 가졌다. 그는 이런 칼 세 자루를 갈아치우면서 20여 년 넘게 생선을 토막 내며 산다. 그가 토막 낸 생선만도 수만 마리는 될 터이다. 그래도 그는 '이 짓'으로 아이들 학원도 보내고 대학을 졸업시켰다. 큰 놈은 장가를 갔는데 서른을 넘긴 딸이 아직도 결혼을 하지 않아서 걱정이다. 딸의 말에 의하면 요즘은 혼족이 대세란다.

 그는 횟집 주방에서 생선회를 뜬 적도 있다. 그때는 인생도 날렵해서 번 돈을 술과 노름으로 날려도 후회하지 않았다. 선배를 따라 산과 강을 누비며 '꽃돌'을 캐러 다니기도 하고 가끔씩 무인도에 가서 백 년 묵은 하수오 뿌리를 캐기도 했다. 상황버섯 말굽버섯 원숭이궁둥이버섯 같은 각종 버섯들과 소나무담쟁이 겨우살이 칡 망개나무 뿌리 등등... 그가 캔 약재들만 해도 열 트럭은 될 것이다. 함께 다니던 선배와 다투지 않았다면 아직도 산을 헤매고 있을지 모른다.

 돌과 약초 캐는 일을 접고 쉬고 있던 어느 날, 시장 생선가게를 지나가던 그는 훅 끼쳐오는 비린내에 그만 눈물을 흘리고 말았다. '생선 비린내가 이렇게 좋다니!' 송충이는 솔잎을 먹고 살아야 한다는 속담이 생각나면서 그길로 생선 트럭 장사를 시작했다. "생선이 왔어요. 싱싱한 생선, 길고 두툼한 제주산 갈치가 두 마리에 만 원, 고등어가 네 마리 만 원, 오징어 스무 마리 한 박스에 이만 원..." 재래시장이 가까이에 없는 아파트 앞이나 동네 어귀에 트럭을 세우고 생선을 팔자 사람들이 몰려들었다. 5년 동안 열심히 골목을 누빈 끝에 지금의 가게를 차릴 수 있었다.

그는 비린내가 좋다. 비린내 없는 인생은 얼마나 허전할까 하는 생각을 한다. 그는 가끔 꿈속에서 사람의 목을 툼벙 툼벙 자르는 꿈을 꾸기도 한다. 9시 뉴스를 보면서 무심코 욕을 내뱉을 때도 있다. '저런 놈들은 모가지를 그냥...'

우리들의 연수원

하반기 간부 사원 워크숍 현수막이 가을비에 젖고 있다. 소집된 자들의 뒤통수는 참 쓸쓸하여서 듬성듬성한 머리통을 들었다 숙였다 하면서 태반은 졸고 태반은 뭔가 메모를 하는 척하면서 사실은 무슨 낙서를 까맣게 덧칠하고 있다. '접시를 깨자'라는 제목의 다소 황당한 교수의 황당한 특강이 있은 끝에 회사 발전을 위해 불철주야 고생이 많다고 말문을 연 사장은, 이익을 내지 못하는 회사는 사회악이라는 어느 외국 기업의 회장이 한 말을 인용하면서 인사말을 마쳤다. 곧이어 각 부서별 성과 보고가 있었고 도태의 위협에 대비하는 자아비판이이어졌다. 오늘의 분임 토의 주제는 상반기와 별반 다르지 않았다. 부서 간 소통을 극대화한다는 방침에 따라 품질 개선 방안은 영업부서가, 영업 활성화 방안은 생산부서가, 신제품 개발 아이디어는 관리부서가, 비용 절감 방안은 연구부서가 맡는 식이었다.

자, 두 팔을 올리시고 박수 세 번만 짝짝짝. 다시 세 번 짝짝짝. 팔 내리지 마시고 그대로 허리를 뒤로 쭉 펴세요. 으으으으윽, 좋습니다. 자, 이번엔 앞사람의 등을 두드려 주세요.

토닥토닥 토닥⋯⋯ 어이 시원하다. 정 차창, 너무 세게 때리는 거 아냐? 와하하. 석식 후에 각 숙소에서 팀별로 분임토의에 임해 주시고 주제 발표는 내일 조식 후에 바로 할 예정입니다.

부대 검열이 있을 때마다 소원 수리를 했다가 단체 기합을 받아본 기억이 있는 남자들이라면 내일 있을 사장과의 대화 및 건의사항 시간에 덜렁 나설 사람은 없을 것이다. 그러면 사장은 또 혼자 두어 시간을 떠들 것이고 별다른 건의사항이 없으면 이것으로써 하반기 연수를 마칠 것이다. 빗물에 젖은 복자기 나뭇잎이 불빛에 붉게 반짝인다. 구름다리 위에서 삼삼오오 담배를 피우면서 누구도 오늘의 주제와 회사의 장래에 대해 이야기하는 사람은 없다. 농담 몇 마디 주고받다가 가래침 한 번씩 길게 뱉고 밥을 먹으러 간다. 꽁무니에 태엽 하나씩 돌돌 감고.

남자들의 물건

라이방을 낀 아저씨가 펼쳐놓은 좌판 앞에 남자들 서넛이 쪼그리고 앉아 눈알을 빛내고 있다. 그들이 요리조리 살피고 만지작거리는 품목들을 대강 요약하면 뾰족한 것, 날카로운 것, 단단한 것, 불이나 빛이 나오는 것, 이상한 고리가 달린 것 등등인데, 특히 하나의 몸체에 여러 개가 붙어있거나 감쪽같이 숨겨져 있다가 튀어나오는 비밀을 내장한 것들은 꼭 두어 번씩은 시험해 본 후에야 아저씨의 눈치를 슬쩍 살핀다. 저 수상한 십자 마크가 그려진 물건만 해도 갈고 자르고 뽑고 따고 베는 일타 오륙 피의 횡재 성 가치 때문에 한때는 내 호주머니를 묵직하게 하지 않았던가. 물론 저런 것들이란 대개 살 때의 기대와는 달라서 쓰임새라 해야 고작 일 년에 한두 번 생길까 말까. 그것도 정작 필요할 때는 깜박 다른 곳에 두고 왔거나 손을 타서 이미 잃어버렸기 십상이다. 뜬금없이 나무를 자른다든가 벽에 못을 박을 일도 없거니와 어쩌다 전기 제품을 풀고 조일 일이 생긴다 해도 복잡한 살림살이 속에 숨어버린 그것의 행방은 묘연할 뿐이다.

오지에 가서 일부러 길을 잃거나 바다 한가운데서 표류를 자청하지 않는 이상 남북을 가리키는 저 물건의 쓰임 또한 요원할 터. 그러니 설사 그것이 이 세상에서는 별로 쓰일 일이 없다고 해도 땅을 치고 싶을 만큼 아쉽거나 분한 일은 아니어서 아내의 지청구에도 또다시 그런 비슷한 것들을 사 들고 실실 웃으며 집으로 들어오는 것이다. 허리춤이나 손목에 차거나 호주머니에서 스윽 꺼낼 때의 이루 말할 수 없는 뿌듯함을 생각하면서. 어느 야외 놀이 때 그것으로 병의 목을 따고 고기까지 쓱쓱 써는 놈을 보고 얼마나 부럽고 샘이 났던가. 심지어 그것을 폼 나게 써먹을 요량으로 여자 만나는 자리에 와인을 들고 간다든지 빛이 나오는 것의 오롯한 쓰임을 위해 일부러 밤 산행을 감행하는 자들도 있긴 있다고 들었지만. 살까 말까 일어설까 말까 물건만 만지작거리면서 영 결정을 안 하는 남자들을 보는 라이방 아저씨의 미간이 몹시 좁혀져 있다.

美안경연구소 채 씨

빼빼 마른 체격에 하관이 가파른 그는 늘 흰색 가운을 입고 있다. 금방 다려 입은 듯한 와이셔츠와 요즘 유행하는 분홍색 넥타이로 깔끔하게 목을 졸라 맨 그의 입성만 보자면 마치 의사나 무슨 연구소의 연구원으로 여겨질 법도 하다. 그러나 아쉽게도 그의 학력은 전문대까지밖에 이르지 못했다. 이것은 공공연히 감추고 싶은 그만의 비밀인데, 간판에다 굳이 '연구소'를 갖다 붙인 것도 그 비밀과 연관이 있지 싶다. 그는 심지어 아르바이트로 부리는 청년에게도 흰색 가운을 입혀 놓았다. 그러거나 말거나, 그의 가게에 오는 손님들은 그가 의사도 연구원도 아니고 엄연한 안경 가게 주인임을 다 알고 있다.

손님을 대하는 그의 말법은 어디까지나 친절하고 차분하기 이를 데 없다. 안경가게에서 무슨 주소에 전화번호까지 적어야 하느냐는 불만이 나올라치면 그는 손님의 얼굴을 빤히 쳐다보다가 "자, 그럼. 시력 검사부터 하시죠. 김 선생. 손님 검사 준비." 하고 안쪽으로 데리고 간다. 그는 어지간해서는 말의 고삐를 손님에게 넘겨주는 법이 없다. "이게 무슨 글자죠?" 같은 질문이나, "자자, 눈을 똑바로 뜨고 앞을 보세요."

같은 시키는 말에 그는 은근히 힘을 주는데, 아까까지 기분이 상하려고 했던 손님도 그의 말에서 풍겨나는 묘한 권위에 어느새 고분고분해지고 만다. 더군다나 "시력이 더 나빠졌어요. 충혈 현상도 좀 보이고요. 혹시, 고혈압이나 당뇨 같은 건 없으시겠죠." 하는 대목에 이르면 손님은 덜컥 겁을 내면서 그에게 '선생님' 자를 붙이게 되어 있다. 그는 바로 이때가 가장 행복한 순간인데, 전문가로서의 긍지와 자부심으로 전율을 느끼기까지 한다. 일반 렌즈보다 오만 원 더 비싼 특수 코팅 렌즈를 끼고 연구소를 나오는 손님도 한결 밝아진 표정이다.

그는 겉모습이 사람의 가치를 좌우한다는 사실을 경험으로 차곡차곡 다져 가고 있다. 그까짓 안경 하나 맞추려고 안과를 찾는 사람들이 많지 않은 이상 손님에게 성심성의를 다할 뿐인 그의 안경 가게가 망할 일은 없다. 시력을 누가 재느냐 마느냐, 의사의 영역이냐 안경사의 영역이냐 하는 따위의 논쟁은 손님들에겐 그저 시답잖게만 들릴 뿐이다. 여차하면 맞은편 '맑은 안경'으로 가면 되니까.

오즈호프 편 씨

 '마누라'라는 여자에게 꽉 잡혀 사는 그는 어지간히 촉빠른 사람인데, 동네에서 제일 오래된 호프집을 운영하는 만큼 단골이 있다고는 하지만 그의 가게에 찾아오는 손님들 대부분은 동네 사람이거나 다문다문 지나다니는 '목요산악회' 같은 골수파들이라 장사가 시원찮기는 도나 게나. 그가 마누라에게 꽉 잡힌 우여곡절의 자세한 내막은 잘 모르겠으나, 남의 술집에서 술 먹고 외상을 지는 경우가 그 한 이유임에는 틀림없다. 소식통에 의하면 사거리 너머 염소집, 순댓국집, 실내포차 등등에 기본으로 깔린 술값만 해도 기십만 원은 넘을 거라고 한다. 겨우 기십만 원이라고?

 평소에 싹싹하고 인사성도 밝은 그는 맨 정신일 때는 멀쩡하다가도 술만 들어갔다 하면 온 동네를 싸돌아다니며 여기 찔끔 저기 찔끔 외상을 해대는데, 그 행태와 규모로 말하면 정말 치졸하고 쫀쫀하기 이를 데 없다. 이 집에서 맥주 한 병, 저 집에서 소주 한 병, 입에 똥내가 나도록 했던 얘기 또 하고 했던 얘기 또 하면서 오만 주정 끝에 기껏해야 오천 원 안팎인 깡 술값을 안 내고 그냥 나가버린다. 자주 당해본 주인 입장에

선 짜증이 나지만 아는 안면에 그깟 소주 한 병 값 때문에 정색을 하기도 귀찮아서 "담에 줘." 하고 그만 마음에 묻어버리고 만다. 그런 식으로 쌓이고 쌓인 술값이 기십만 원이면 티끌 모아 태산이다.

그렇다고 그를 인생을 대강하는 술 허깨비쯤으로 생각하면 오산이다. 그는 매일 새벽 동네 뒷산을 두 시간 정도씩 오르내리는 건강 전도사일 뿐만 아니라 의정부 어디쯤에 5층짜리 건물 한 채를 가지고 있는 알부자다. 그는 자신의 건강과 돈은 오로지 하면서, 남의 술집과 노래방은 마냥 해도 된다는 이상한 신념을 가지고 있다. 남에게 얻어먹더라도 일단 '들어온 돈은 내보내지 않는다'는 남다른 검약 정신이야말로 오늘의 그를 있게 하지 않았던가.

그의 마누라라는 여자도 좀 특이해서 누가 지나치는 길에 "참, 아주머니. 저, 바깥양반 외상값이…"라고 말을 꺼낼라치면 "누가 그 인간한테 술을 주라고 했대? 주긴 왜 줘서 난리야! 먹은 사람에게 받아!" 되레 큰소리를 땅땅 쳐대는 데야...... 먹은 놈이 죄냐, 준 놈이 죄냐.

하긴, 남의 집 술을 좋아하기는 다른 남자들도 마찬가지여
서, 초저녁부터 김, 이, 최 들이 그의 가게 앞 파라솔에 진을
치면 홀로 가게를 지키는 그의 마누라의 눈에도 쌍심지가 슬
슬 돋기 시작한다. 강냉이 튀밥에 오백 씨씨 두어 잔씩들 마시
고 일어서면서 "잘 마시고 감다." 라거나, "달아 놓으세요." 하
면 그뿐이다. 염소집, 순댓국집, 실내포차 바깥양반들이다.

구두 아저씨

〈대한구두미화중앙협의회 한강 2지회〉 코딱지만 한 공간에 쪼그리고 앉아 '두 번 다시는 못 할 짓'을 하고 있다. "구두약은 맨손으로 탁탁 먹여야 훨씬 약발이 좋지." 하루 백 켤레만 잡아도 일 년이면 삼천육백 켤레, 30년 동안 백만 켤레 정도 될까... 대통령 출마하면 백만 표는 굳었다며 실실 웃는다. 문득, 그를 거쳐 간 사람들의 안부가 궁금해진다. "여기 있다 보면 희한한 사람들 많이 만나." 그의 씩씩한 팔뚝에 마음이 동해서 다짜고짜 여관 가자고 조르던 여자 이야기를 슬슬 꺼내면서 구두 속에 손을 넣고 침을 퉤퉤 뱉는다. "불 광, 물 광 해도 침 광이 최고지. 지문은 닳아서 없어진 지 오래야." 구두약을 문지르느라 반들반들한 손을 들어 보인다. 일이 끝나면 쫙 빼 입고 이태원을 쓸고 다녔다는 '물 반, 고기 반' 시절의 무용담을 들으며 백만 명의 구두를 닦느라 결 없이 맨들맨들해진 그의 손이 성수聖手처럼 거룩해 보여서 나도 실실 웃음이 나는 것이었다.

오복떡집 오 씨

떡 맛은 입소문이다. 제자리에서 30년 넘게 떡집을 해 온 덕에 전단지나 냉장고에 척척 붙이는 자석식 명함 따위는 필요 없다. 가만히 있어도 아는 사람은 다 알아서 찾는다. 떡집은 술집보다 훨씬 드물어서 일단 자리만 잡으면 오는 사람만 상대해도 먹고사는 데 큰 지장은 없다. 그는 오로지 떡의 힘으로 슬하에 삼 남매를 대학까지 보냈다. 사실, 상권이니 유동인구니 틈새니 분석이니 전략이니 인테리어니 하는 따위의 말은 장사를 막 시작하는 신참들에게나 필요할지 몰라도 떡집에는 잘 어울리지 않는다.

떡집은 아무나 하나. 중학교를 어렵게 마친 그가 취직이라고 한 곳이 먼 친척뻘 되는 떡집이었고, 밤낮으로 들고 나르고 씻고 빻고 치대고 찌고 이기고 뽑느라 팔에 알 근육이 불끈불끈 잡히고도 몇 년을 더하여 혼자서도 척척 해낼 만큼 되었을 때, "가계를 따로 내어줄 테니, 독립해 봐라."는 친척 아저씨의 배려로 그렇게도 소망하던 떡집 사장의 꿈을 이루었다. 그는 신념대로 떡집을 차렸고 그저 떡만 열심히 만들어 왔을 뿐이다.

환갑이 가까운 나이임에도 그의 얼굴은 참기름을 바른 듯 잔주름 하나 없이 윤기가 돈다. "어디에 쓰게. 향우회. 응. 응. 한 오십 명. 응. 응. 한 말이면 충분하지. 요즘 많이 안 먹어. 머리 고기는. 응. 응. 모레. 오전. 열 시까지. 알았어." 그는 정말이지 부지런하고 알뜰해서 이른 새벽부터 저녁 늦게까지 잠시라도 몸을 놀리는 법이 없다. 떡은 손님이 원하는 시간에 맞춰서 쪄 내야 훈기가 배고 맛있다는 점을 누구보다 잘 아는 그의 오래된 장부에는 날짜와 시간들이 갑골문자처럼 빽빽하게 적혀 있다.

　요즘은 취직을 못 해 아버지 일을 도우며 용돈 벌이나 하는 아들놈의 복심을 주시하는 중이다. 늦은 저녁 시간, 그는 아내와 함께 내일 찔 떡쌀과 고물용 콩, 팥 등속을 깨끗이 씻어 물에 담가 놓고서야 위층 살림집으로 올라간다. '고춧가루 참기름 각종 행사 이바지 떡 개업용 돼지머리 주문 배달' 오복떡집 낡은 샤시 유리문이 컴컴해질 때쯤, 맞은편 '팡팡노래방' LED 간판 불빛이 뚝, 뚝, 끊어지다가 다시 화르르 반짝인다.

건전이발관 권 씨

"요새는 기계로 머리 깎는 이발쟁이가 없어." 질문도 아니고 혼잣말도 아닌 영감의 말끝에 그는 냉큼, "허허 참. 요새는 그렇지요." 하고 받는다. 영감이 말하는 '기계'는 '바리깡'을 지칭한다. "옛날엔 전부 홀랑 밀었지. 이가 많아서. 기계충인지 뭔지 헌뎅이도 나고... 왜정 때는 관에서 청결 조사 나온다고 하면..." 뜸이 길자, "아, 그땐 그랬지요." 하고 일단 말을 받아 놓는다. 이발기의 모터 소리가 조금 가팔라진다. 머리카락이라고 해 봐야 귀 옆에 조금 붙은 정도가 전부지만 한 달에 한 번 정도씩은 와서 이발과 면도를 하는 영감이 그저 고마울 뿐이다. 그는 영감의 머리통을 안았다가 놓았다가 하면서 애지중지한다.

학생 컷트 7,000원, 일반 커트 10,000원, 면도 5,000원은 그가 유리창에 붙여 놓은 정찰제다. 그가 왜 이런 가격표를 붙였냐 하면 이른바 이발의 부위가 어디까지냐 하는 델리케이트한 문제 때문이다. 3, 4년 전만 해도 그의 이발소에는 여자 면도사를 두었지만, 헤어 패션이라는 말이 유행하기 시작하고, 젊은 손님들이 미용실로 옮겨가면서 면도사를 내보냈다. 침침

한 형광등도 LED 등으로 교체하여 환하게 분위기를 바꿨다. 의자를 한껏 젖히고 따뜻한 물수건으로 덮은 얼굴의 털을 깎아주는 여자 면도사의 짜릿한 칼날과 부드러운 손길을 느끼며 마음껏 졸음을 즐기던 아저씨들이야 섭섭하겠지만 어쩔 수 없는 일이다. 요즘은 그가 직접 면도를 해준다.

여자 면도사는 가끔 중고등학생 손님에게도 서비스로 면도를 해주곤 했는데, 집에 가서 이상한 이발소라고 하는 바람에 학생의 엄마가 이발소로 찾아와 항의하는 소동도 있었다. "수염도 안 난 아이에게 면도를 하면 어떡해요. 그리고 아줌마가 팔을 주물렀다고 하던데…" 이쯤 되고 보면 이발의 부위가 어디까지인지 고민하지 않을 수 없다. 직장을 잃은 면도사는 저쪽 동네 지하 이발소로 옮겨간 후에 소식이 없다.

견해의 왕, 시인 나 씨

등단 25년 차인 그는 올해 스무 권째 시집을 냈다. 다작이 지나치다느니 어쩌니 해도 매년 한 권꼴로 시집을 내는 것은 웬만한 공력 없이는 불가능하기에 시를 쓰는 동업자들도 그 부지런함에 일단 경외심을 품게 된다. 그럼에도 그를 시인으로 알아주는 동네 사람은 없다. 아파트에 묻혀 살다 보면 지나치는 얼굴들을 눈에 넣을 일도 없고 그저 배경처럼 희끄무레하게 인식할 뿐, 누가 누구인지 알고 싶지도 않다. 요즘 인터넷에 들어가면 한 사람 건너 시인이라는 것쯤은 동네 사람들도 다 알고 있다. 그는 대학에서 교수로 근무하다가 퇴직을 하고 지역문화연구소 소장이라는 명예직 직함을 앞세워놓고 먼지처럼 가벼운 사회적 존재감을 견디고 있다.

그는 안 가 본 곳 빼놓고는 모두 가 보거나 살아봤다. 어릴 때부터 살아온 서울은 그의 영역이나 다름없고 대전, 광주, 목포, 대구, 부산, 경주, 제주도까지 사람들이 입에 올리는 지역마다 말을 가로채며 자신의 경험을 버무린 편년사적 택리지를 펼친다. "야, 내가 거기 00동에 살 때 말이야." "거기 00다방이라고 있지?" 그의 입에서 이런 말이 나오면 맨 처음 이야기를 꺼낸 사람은 슬그머니 말의 고삐를 그에게 넘겨줄 수밖에 없다. 한 사람의 인생이 이토록 다양한 체험을 할 수 있단 말인가. 그의 고향은 충청도 서산인데 대전은 말할 것도 없고 청양 어디 어디 골짜기까지 꿰뚫고 있어서 '범 충청인'으로서 손색이 없다. 유럽과 동남아의 웬만한 도시도 줄줄이 꿰고 있다. 2002년도 한일 월드컵을 스위스에서 본 이야기를 꺼낼 때쯤이면 성질 급한 강 시인이 먼저 일어나서 계산을 하고야 만다.

그는 모든 얘기에 안 끼어드는 법이 없다. 말이 잘고 재미있어 몇 번은 듣고 있지만 서너 번 이상 들은 사람들은 그의 막무가내식 말 고삐 잡아채기에 짜증을 내고 만다. '또 시작이군.' 한창 열을 올리고 있는 그의 뒤통수에 주먹을 올리거나 그의 시선이 닿지 않는 쪽으로 냉소를 던지는 이들도 있다. 군대 이야기, 대학 시절 데모담, 스포츠댄스로 여자들 후렸던 이야기 부동산 이야기 등등... 가히 '견해의 왕'이라 할 만하다. 참을 수 없이 자잘해지는 그의 폐단을 그도 다 알고 있다. 그런데도 바꾸고 싶지 않은 그의 이런 신념은 어디서 시작되었는지 알 길이 없다.

대림장 태극도사

그가 백수의 삶을 작파하고 속세를 떠난 것은 늙은 어미가 차려준 밥을 먹다가 돌연 인생무상을 느끼고 나서였다. '죽는 날까지 허기를 채울 수 없으니, 산으로 가야 한다.' 그것은 어떤 계시처럼 떠오른 말씀이었다. 사실은 그전부터 산으로 들어가고 싶은 생각을 실행에 옮긴 것일 뿐이다. 대저 산으로 가는 자는 자연을 사무치게 사랑하여 자연이 주는 대로 먹고, 자연의 경치를 내 것으로 삼고, 위대한 자연의 품속에서 노닐다가 한 줌 흙으로 돌아가겠다는 일념이라도 있기 마련이건만, 그가 산속에 든 것은 민생의 근심을 족집게처럼 집어내고, 미래의 성공을 보장하는 부적을 고안하여 널리 유포하고자 함이었다. 그는 '공자의 생활난'을 견디는 심정으로 내칙을 정하고 좌정에 들었다. '친구여, 나는 이제 모기를 바로 보마.' 해가 떴고, 달이 떴고, 새가 울었고, 비바람 눈보라 치는 날들을 고스란히 견뎠다. 3년이 되어가는 어느 날에 우레가 치고 말씀이 내려왔다. "이제 그만!" 그는 사흘 낮밤을 울고 하산했다.

그가 어디서 무얼 하다가 왔는지는 아무도 모른다. '대림장'은 하산 후 그가 둥지를 튼 곳이다. 홀로 사는 과부가 주인인데 장사가 시원찮아 서너 개의 특실만 월세를 놓고 있던 터였다. 그가 세를 들면서 대림장 간판 옆에는 붉은색과 흰색이 반반 섞인 깃발과 3색 태극이 그려진 깃발이 함께 걸렸다. 주인 여자와 경제적 MNA를 한 것인지 인체 합병을 한 것인지 알 수는 없으나 언제부터인가 그가 대림장의 주인 행세를 하기 시작한 것은 분명하다. 처음에는 수군대던 동네 사람들도 그의 위엄 있는 목소리와 꿰뚫어 보는 눈빛에 압도당하고 말았다. 동네 사람들은 그를 '대림장'으로 부른다. 주인 여자는 가끔 카운트에 나와 있기는 하나 여관업은 하는 둥 마는 둥. 생활비는 그가 던져주는 돈으로도 풍족하니까.

아주머니 두 분이 두리번거리며 방문을 열고 들어온다. 오늘의 첫 고객이다. 그들의 행색을 살핀 그가 조용하고 위엄 있는 목소리로 말문을 연다. "인생이 괴로워. 구름이 자욱해!" 첫마디를 던져놓고 잠시 뜸을 들이자, 눈치를 보던 한 아주머니가 얼른 받는다. "도사님. 제가 근심걱정이 많아서…" 같이 온 아주머니도 맞장구를 치며 추임새를 넣는다. 이쯤 되면 가만히 듣기만 해도 답이 나온다. "굿을 하기 어려우면 부적을

써! 그 방법밖에 없어!" 방을 나오는 두 아주머니는 부적 값이
적어서 미안하다며 몇 번이고 방 안쪽을 향해 고개를 숙인다.

동일자동차수리센타 아저씨들

컴컴한 자동차 수리 센터 안. 물고 조이고 비트는 공구들이 벽에 가지런히 걸려 있다. 나는 그것들이 어린 짐승들처럼 귀엽고 예뻐서 마음이 좋아진다. "사진 좀 찍을게요." "그러쇼." 수도꼭지에 낯을 후득후득 씻은 그가 수건으로 머리를 턴다. "일 끝났어요?" "예. 오늘 시마이." 웃는 이齒가 하얗다. 마른 몸에 강인한 인상이다. 같이 가기를 기다리는 듯 호주머니에 손을 넣은 동료가 쇠 기름때로 단련된 바닥을 무연히 내려다보고 있다. 쥐구멍만 한 반 지하 사무실에 불빛이 새 나온다. 그 안에도 공구들이 들어차 있다. 계산기를 두드리던 사람이 힐끗 쳐다본다. 무뚝뚝한 쇠의 표정이 저럴 것이다.

순댓국을 먹고 있는데 그들이 우루루 들어온다. 나를 보자 아는 체를 하며 웃는다. 셋 모두 닮았다. 쇠 빛이랄까 검청 빛이랄까. 호리호리하면서 단단한 표정들이다. 말소리가 울린다. 두런거리는 말 속에 시옷 같은 소리는 하나도 없다. 쇠의 말이 저럴 것이다. 어진 쇠 속이 저럴 것이다. 웃는 모습이 기다란 스패너들 같다.

정금당 정 씨

20년 전에 이 동네로 이사 올 때부터 그 자리에 있었으니까, 가게를 연 지가 한 3, 40년은 족히 넘었지 싶다. 그동안 흰머리가 많이 생기고 얼굴에도 주름이 늘었다. 그는 깔끔한 스타일을 좋아하는 듯 사시사철 양복을 입고 가게를 지킨다. 한여름엔 반바지에 가벼운 티를 입을 법도 하건만 흰색 계열의 와이셔츠와 넥타이 차림을 고수한다. 보라색 간판은 하도 바래서 거의 흰색에 가깝다. 분위기 쇄신 차원에서 한 번 정도는 바꿔주면 좋겠는데 요지부동이다. '금은보석시계'는 정금당의 슬로건이다. 간판에 그렇게 써 놨다. 요즘은 '쥬얼리' '골드' 같은 세련된 말도 있는데, 고색창연한 정서를 떠올리게 하는 용어를 고집하는 것은 그의 남다른 직업 철학이 반영된 것일 거라고 짐작해 본다. '촌스럽게 금은보석시계가 뭐야?' 하고 생각하다가 '맞잖아, 금은보석시계...' 하고 속으로 갑론을박하며 실실 웃게 된다.

그러고 보니 20년 동안 그의 가게에 한 번도 들른 적이 없다. 아파트에 잠만 자고 나다니는 나 같은 사람이야 결혼식이나 돌잔치를 할 일도 없어서 유만부동으로 지나가면 그뿐이다. 갑자기 여윳돈이 생겨서 금은보석을 살 일도 없거니와 시계 정도는 2, 3만 원짜리 중국산이면 흡족하니까. 시계 약이 떨어져도 전철역에 있는 시계 수리 장인에게 가서 넣어오면 그만이다. 정금당은 아파트로 가는 길 입구에 있어서 반드시 거치게 되는데 손님이 드나드는 것을 거의 본 적이 없다. 그러니까 그는 20년 동안 빈 가게를 지키고 있는 셈이다. 내가 여기에 오기 전에는 어쨌는지 모르지만. 그가 혼자 가게를 지킨 시간들이 아득하게 밀려온다. 고독이라고 하기엔 너무 무겁고, 권태라고 하기엔 너무 한가로운 그의 시간 말이다. 그의 경제가 슬슬 걱정되기 시작한다. 마침 '꾸빵'에서 산 중국산 스위스 밀리터리 시계의 약이 떨어져서 한번 가볼까 어쩔까 하고 있는 참이다. 불쑥 들어가서 "이거 약 좀 넣어주세요."라고 하면 그는 어떤 표정을 지을까. 얼굴을 찌푸릴 것 같아서 가지 말까 하는 마음도 있다.

코렉스자전거 남 씨

바람을 넣는데 오백 원을 받을 것인가, 천 원을 받을 것인가... '바람 값?'이라고 생각하다가 픽 웃음이 난다. 벚꽃이 지고 나무들이 본격적으로 연둣빛 잎들을 밀어 올리기 시작하자 제법 많은 사람들이 자전거를 끌고 와서 바람을 넣어달라고 한다. 주위에 하천길이 있어서 날씨가 더워지면 자전거 타는 사람들은 더욱 늘어날 것이고 그의 자전거포도 바빠질 것이다. 그런데, 막상 그의 가게에서 새 자전거를 사거나 고장 난 부속품을 갈아 달라고 오는 사람은 그리 많지 않다. 인터넷을 통해 자전거를 구입해서 한 철 타고 처박아 두는 요즘 세태가 못마땅하지만 어쩔 수 없는 노릇이다. 하루 종일 바쁘게 일한 것 같은데 주머니에는 고작 4~5만 원이 들어있을 때가 다반사다. 오늘은 안장을 두 개나 갈고 헬멧을 팔아서 그나마 10만 원을 넘겼다.

바람 넣으러 오는 사람들을 일일이 응대하기 귀찮아서 수동 펌프기를 내다 놓았지만, 꼭 에어 콤푸레샤로 넣어달라고 떼를 쓰는 사람들 때문에 부아가 치밀어서, 그러면 돈을 내라고 한마디 한 것이 그만 말싸움으로 번졌다. "바람 값을 받아요?" "아, 콤푸레샤를 하루 종일 틀어놔 봐요. 전기세가 얼마나 많이 나오는데... 내가 심부름꾼도 아니고... 그러게 여기 뽐뿌로 넣으라고 했잖아요." "그럼 얼마를 드리면 돼요?" 손님의 기습적인 질문에 잠시 말문이 막힌 그는 그만 웃고 만다. "하하. 참. 말이 그렇지... 그냥 가세요." 이른 저녁 시간에 문을 닫으려고 밖에 내놓았던 자전거들을 거둬들이면서 그는 또 바람 값을 생각해 보는 것이다. '얼마를 받아야 하나... 오백 원은 그렇고, 천 원은 많은 것 같은데 말이야...'

경희유기농산 김 씨

 말이 유기농산이지 옛날식으로 말하면 그냥 '쌀집'이다. 밖으로 내놓은 흑임자 조 팥 참깨 수수 기장 같은 잡곡들이 쪼르르 햇볕을 쬐고 있다. 요즘은 기장이 핫 아이템이다. 당뇨와 다이어트에 좋다는 소문 때문이다. 10여 년 전만 해도 쌀이 매출의 70~80%를 차지했으나 쌀 먹는 사람들이 줄어들고 촉 빠른 소비자들이 인터넷 배달 업체로 옮겨가는 바람에 잡곡 판매로 그나마 가게의 맥을 유지할 수 있어서 다행일 뿐이다. 잡곡이 몸에 좋다는 건강 바람이 불어준 덕분이다. 웰빙이 좋다는 것쯤은 누구나 알고 있으니까. 간판에 '유기'의 '유'자가 바래어서 그냥 읽으면 '경희ㅠ기농산'으로 읽힌다.

 그는 선글라스를 끼고 가게 앞에 앉아 있다. 선글라스를 왜 끼는지에 대해서는 그만의 이유가 있겠지만, 흐린 날에도 선글라스를 벗는 일이 없는 점으로 미루어 짐작하건대 자신의 매력을 빛낼 수 있는 어떤 신념 같은 것이 그를 '선글라스주의자'로 만든 듯하다. '나만의 스타일을 고집한다…' 그는 아담한 체구에 콧대가 우뚝하고 꽤 잘생긴 외모인데 가게와 따로 떼어놓고 보면 알랭 들롱 뺨칠 만하다. 알랭 들롱이 쌀집이나 하고 있으니, 남아도는 얼굴을 어찌할 것인가. 허드렛일을 하는 예쁜 아주머니들을 보면 아깝다는 생각이 드는 것처럼, 하나의 역할에 충분히 쓰고도 남아도는 얼굴은 참 쓸쓸한 것이다. 쓰고 남은 얼굴은 어디로 가는가?

그러거나 말거나 동네 사람들은 그를 '쌀집'으로 부른다. 밤이 되어 쌀집 문을 닫고 나면 그는 영 딴사람이 되어 동네 술집을 섭렵하는데, 주로 염소집, 부산횟집, 천주교회 김 교구장 등과 어울려 다니며 막 쉰 중반에 접어든 세월을 탕진한다. 매우 신경질적인 그의 아내는 오늘도 맞은 편 지하 '팡팡 노래방'에서 틀어 놓은 스피커 소리가 너무 크다고 정 씨에게 한바탕 퍼부었다. "사람이 시끄러워서 살 수가 있어야지."

OO성당 김 지구장

그의 세례명은 베드로이다. 동네에서는 '흑석동'으로 불린
다. 그는 흑석동이 개발될 무렵 이곳으로 이주해온 이주민인
데, 자기 이야기를 할 때마다 '내가 흑석동에 살 때 말이야'라
는 말을 버릇처럼 달아서 붙여진 별칭이다. 그는 70 초반의
나이임에도 아래위로 착 달라붙는 검회색 등산복과 챙 모자를
줄기차게 쓰고 다닌다. 그 효과인지 얼핏 보면 40대 정도로
착각하는 사람도 있다. 저녁이 되면 그는 동네 술집을 슬슬 돌
다가 밤이 늦어서야 단골 지하노래방에 들어가서 하루를 마감
한다. "알지?" 그는 손가락을 딱 튕기며 사인을 보낸다. 보도
방 도우미 말고 근처에 혼자 살고 있는 프리랜서 도우미 미스
윤을 불러달라는 얘기다. 그녀가 미스인지 이혼녀인지는 별로
중요하지 않다. 새우깡과 땅콩을 올린 마른오징어 1마리와 슈
퍼에서 사 온 양주 1병이 기본이다. 그가 이용하는 방은 복도
맨 끝 방. 초반에 노래 한두 곡이 끝나면 그다음부터는 조용하
다. 안에서 무슨 일이 있는지 알 길도 없고 알고 싶지도 않다.
기본 한 시간이 지나면 30분씩 두 번 정도 서비스 시간을 넣
어준다.

문제는 그 이후인데 서비스 시간도 끝나고 미스 윤도 가고 나면 노래방 사장 정 씨를 붙잡고 입에 똥내가 나도록 계속 자기 이야기를 해대는 통에 마음 좋은 정 씨도 그만 짜증을 내고 만다. "아이참. 지구장님, 오늘도 약주가 과하시네요. 이제 들어가셔야지요." "정 사장, 노래방 값 걱정 말어. 나 우리 성당 지구장이야. 성당에서 활동비가 나온다니까. 내가 흑석동에 살 때 말이야..." 그는 한 시간 이상 일장 연설 하고서야 화장실에 가는 척하면서 뒤 계단을 성큼성큼 올라 사라진다. 그 사이 새벽은 더욱 깊어져서 문을 닫을 시간을 넘겼다. 성질 같아서는 확 욕이라도 해주고 싶지만 그렇다고 거의 매일 출근하다시피 하는 그를 박절하게 끊을 수도 없고, 며칠 보이지 않으면 기다려지는 마음은 또 무슨 마음이냐... 셔터를 내리는 정 사장의 몸이 가벼워진다.

팡팡노래방 정 씨

'세 방은 채워야 할 텐데…' 지하 노래방 셔터 문을 여는 정 씨는 저 아래 새로 생긴 '킹 노래방' 때문에 심사가 편치 않다. 'SBS 노래방'과 '짱 노래방' 사장들이야 다 아는 사이이고 다 같이 지하에 자리 잡고 있어서 고만고만하지만, 신축건물 2층에 50평을 통째로 오픈한 킹노래방은 규모와 시설 면에서 차원이 다르다. 구멍가게와 대기업 슈퍼마켓을 비교하는 꼴이라고 할까. 킹노래방은 방방마다 대형 아몰레드 모니터에 고급 소파를 들여놨다. 대리석 바닥에는 보일러를 깔아 맨발로 들어간다. 내가 손님이라 해도 같은 가격이면 퀴퀴한 지하노래방보다 깨끗하고 세련된 분위기의 킹노래방으로 가고 싶을 것이다. 손님이 급감하여 기분이 상한 정 씨가 암행감찰반처럼 손님으로 위장한 채 킹노래방에 직접 가서 노래를 부르고 도우미도 불러본 결과다.

큰 산 밑에 자리한 동네는 80년대 한강 변 재개발사업 당시에 쫓겨 온 이주민들이 주축이다. 전철역이 새로 생기면서 동네로 향하던 등산로 입구가 그쪽으로 옮겨가는 바람에 등산객들의 발길이 뚝 끊겼다. 노래방을 찾는 손님도 동네 단골이 태반이고 보니 제 살 뜯어 먹기 식 내수시장에 의존할 수밖에 없다. 그런데 이 단골이라는 사람들이 문제다. 호프집 편 씨, 염소 중탕 집 배 씨, 쌀집 김 씨, 하나관광 최 씨 등등인데 이들은 초저녁에 어울려 다니며 술추렴을 하다가 자정이 가까울 때쯤이면 우루루 몰려와서 "어이~ 특실!" 하고는 제집 드나들 듯 기고만장이다. 기본 한 시간에 두 시간을 서비스로 넣어 달라고 떼를 쓰는가 하면 슈퍼에 가서 소주를 사다 마시고 도우미까지 불러서 룸살롱에 온 듯 한량 흉내를 낸다. 거기까지는 그래도 좋다. 노래를 부른 만큼 돈을 내고 가면 얼마나 좋겠나. 나갈 때는 서로 계산하겠다고 우기다가 기어코 자기가 내겠다는 사람이 나서며 "정 사장, 내 앞으로 달아놔. 총 얼마야?" 할 때는 살의가 치밀어 오른다. 자신들의 시간은 돈이고 노래방 시간은 똥이라는 생각을 하지 않은 다음에야 어찌 이럴 수 있느냐 말이다.

"아저씨, 돈 받아요. 킹노래방은 크던데…" 노래를 끝낸 동네 양아치 한 녀석이 카운터에 와서 만 원짜리 한 장을 손가락에 끼고 까딱거린다. 술에 절어 몸을 가누지도 못한다. 손님들

입에서 킹노래방이라는 말만 나와도 자신의 노래방이 옹색하고 후지다는 열등감 때문에 얼굴이 붉어진다. '야, 그럼 거기 가!' 하고 쏴주고 싶지만 없는 자리에서 말 해코지를 할까 봐 꾹 참는다. 동네 수준 자체가 이러니 새삼스러울 것도 없다. "도우미 값은 외상 안 되는 거 알지? 앞으론 노래만 불러." 돈을 얼른 받아 챙긴 정 씨는 언젠가는 이 지긋지긋한 노래방을 훌훌 털어버리고 산속에 들어가 자연인이 되어 살리라고 다짐해 보지만 그만두지 못하는 자신이 한심할 뿐이다. 그나저나 00성당 김 지구장은 요즘 노래방 출입이 뜸하다. 혹시 죽을병이라도 걸렸나...

개량한복 씨

　말총머리에 수염이 덥수룩한 그가 걸어간다. 친환경 속에서 생태적으로 노닐다가 오늘은 무슨 볼일로 이 거리에 다니러 나왔다. 여유롭고 거룩한 그를 보면 내가 부끄러워진다. '뭘 먹고 삽니까?' 그의 면전에서는 끝내 궁금한 세속의 질문은 덮어두어야 한다. 개량한복이니까, 온화한 미소와 고요한 명상의 눈꺼풀 속에 숨겨진 계몽과 개량의 저의를, 무위도식의 욕망을 눈치채서는 더더욱 안 된다. 금기의 카리스마가 돋보이는 그를 보라. 정말이지 이대로 살아서는 안 되겠다는 생각이 들 때면 회사와 가족과 대출금 따위 한순간에 훌훌 털어버리고 자연에 깃들어 자연과 함께 자연의 창을 열고 살고 싶어진다. '보호되지 않는 환경은 불행해요.' 감사로 충만한 까닭 없는 기도처럼 내 마음도 그 어떤 긍정으로 기꺼워서 자연의 위대함과 무산자의 삶을 설파하는 말씀 하나쯤 세우고 싶은 것이다. 비자연과 비인간의 악무한이 들끓는 이 터무니없는 도시를 어서 빨리 청산해야 할 텐데... 저기, 그가 걸어간다. 나는 모르는 척하고 그를 스쳐 간다.

채소 좌판 기타 아저씨

　무슨 생각을 하고 나왔을까... 둘러멘 기타에도 사연이 있을 법하다. 펼쳐놓은 좌판은 허술하기 이를 데 없다. 오이 몇 개, 가지 몇 개, 고추 몇 개, 호박잎 서너 장 정도가 전부다. 다 합쳐도 1,2 만 원어치가 될까 말까. 한눈에 봐도 익숙하고 다부진 장사꾼의 좌판이라고는 할 수 없다. 집에서 나는 푸성귀를 대충 뜯어온 느낌이다. 그런 좌판을 펼쳐놓고 기타를 치는 그의 모습은 더욱 어색해서 보는 사람의 얼굴이 붉어질 정도다. 기타 코드는 아예 짚을 줄도 모르는지 줄을 대충 잡고 그냥 '딩까딩까' 하는 수준이다. 기타를 처음 잡은 딱 그 모습이다. 노래는 아예 부르지도 않고 듣기 민망한 기타 줄만 퉁기고 있다. 마흔 중반쯤 되었을까... 햇볕에 그을린 얼굴과 크고 둔한 몸집에서 풍기는 인상이 전형적인 농사꾼 모습이다.

　그는 왜 여기에 나왔을까. 왜 기타를 메고 나왔을까. 무슨 생각을 할까. 혼자 살까. 아내가 있을까. 늙은 부모를 봉양하며 사는지도 모르지. 가까이 가서 사진을 찍어도 되겠느냐는 시늉을 해도 전혀 괘념치 않고 기타만 퉁긴다. 좌판과 그의 모습이 너무 동떨어져서 도무지 매치가 되지 않는다. 어디서 매미 소리가 귀청을 찢는다. 그를 지나오면서도 자꾸 뒤돌아본다. 좌판과 기타와 그의 모습을 머릿속으로 아무리 이어 붙여봐도 매끈하게 이어지지가 않아서 보다가 만 영화처럼 두서없이 심란해진다. '거참, 거참...' 혼자 되뇌며 가는 길을 가는 수밖에.

개인택시 최 씨의 화투판

"쇼당!" 최 씨는 들고 있던 똥 광과 흑싸리 열 짜리를 바닥에 놓으며 눈에 힘을 준다. "독박 쓰면 몇 점이야? 받을 껴 말껴?" 광 팔고 구경하고 있던 식장 주인 김 씨가 거든다. 선영택시 기사 배 씨와 정 씨가 서로 눈치를 보며 실실 웃는다. "맘대로 해!" 최 씨가 재차 다그치자, 눈치를 보던 배 씨가 슬그머니 화투장을 놓는다. "아이 받아, 받아. 받으면 되잖아. 젠장." 네 사람은 택시 기사로 일하면서 친해진 사이다. 일흔 초반인 식당 주인 김 씨가 제일 연장이고 최 씨는 60대 초반, 배 씨와 정 씨는 각각 50대 후반과 중반이다. 이들은 모두 같은 지역 친목회에 몸담고 있다. 일주일에 3,4일은 식당에 모여 고스톱을 치며 밥도 먹고 술도 마신다. 식당은 김 씨의 가정집 담장을 트고 방과 연결시켰다. 옹색한 간판에는 '청국장'이라고만 써 놨다. 김 씨 아내의 청국장 솜씨가 남달라서 점심과 저녁 시간이면 청국장 냄새가 자욱한 골목에 서너 대씩 주차되어 있는 택시들을 볼 수 있다.

최 씨는 택시 운전을 20년 동안 한 덕택에 재작년에 개인택시 자격증을 받았다. 남의 택시만 몰고 다니는 자신이 한심했다. 사실 개인택시를 하려고 20년 동안 일했으나 막상 개인택시 자격증을 받을 때쯤엔 기준이 완화되어 아무나 개인택시를 딸 수 있게 되었다. '젠장...' 최 씨는 그간의 노력이 헛수고처럼 생각되어서 안 그래도 약한 하체의 힘이 더 빠지는 것 같았다. '내 택시 내가 몰고 다니는' 기쁨도 있었고, 시간에 구애받지 않는다는 안도감도 있었으나 자유를 누리는 보람도 잠시, 몇 개월 지나지 않아서 그런 기분은 다 상쇄되고 그냥 택시 운전사라는 직업만 덩그러니 덮어쓰고 생활을 이어가는 자신의 인생이 한심하다. 선후배 동료들과 어울리다 보면 이 바닥을 잘 빠져나오지 못한다. 선영택시 배와 정은 고스톱으로 딴 돈으로 사납금을 메운다. 그래서인지 더 악착같다. 선배라서 잃어주고, 개인택시니까 후배들보다는 살만하다고 또 잃어주어야 하는 자신이 억울하다. 오늘은 좀 따서 들어가야 할 텐데 배와 정은 잃을 기색이 없고... 툭툭 털고 나가는 길에 한두 손님만 받고 집으로 들어갈 생각이 굴뚝같다.

옛날통닭 김 씨

 '옛날통닭 1마리 6,000원, 2마리 10,000원'이라고 써 놓은 입간판을 보면 멈춰 서게 된다. 비법 재료에 의존하지 않고 옛날식으로 그냥 통 마리째 튀긴 닭이라는 것을 강조한 복고 개념이다. '옛날 통닭'이라고 해서 옛날부터 이어온 가게는 아니고 그냥 간판 이름이다. 호프집이 망한 뒤 내부를 들어내고 채소와 과일을 팔던 가게였는데 한 1년 정도 시름시름 하더니 통닭집으로 오픈했다. 비교적 장년층이 사는 아파트단지라 옛날 통닭에 대한 향수를 자극할 법하고, 싼 가격에 부담 없이 먹을 수 있어서 개업 초기 한두 달 정도는 장사가 잘되는 듯했다.

 통닭 가게 주인 김 씨는 50대 중반임에도 생김새와 차림새가 말끔하고 세련되어서 지적인 신세대 중년 이미지를 풍긴다. '동네 상권 완벽 분석'이라든지 '절대로 망하지 않는 자영업 아이템' 같은 유튜브 지식 정도는 꿰뚫고 있을 법하다. 초롱초롱한 눈매로 손님들을 응대하는 모습을 보면 책이나 인터넷을 통해 익힌 사업 지식을 실천하는 듯하다. 유동 인구가 거의 없는 변두리 동네에서 이런 수박 겉핥기식 친절은 손님들에게 거부감을 줄 수도 있다는 점을 간과하고 있지는 않은지 알려주고 싶지만. 그의 표정을 조금만 자세히 보면 '난 통닭이나 파는 옛날 사람이 아닙니다'라는 표정이 역력하다.

초벌로 튀겨 진열해 놓은 통닭에 시각적인 POP체로 '1마리 6,000원, 2마리 10,000원'이라 써놓고, 플라스틱 용기에 동글동글 담긴 오이피클과 각종 소스에도 500원씩 가격표를 붙였다. 통닭을 싸게 파는 대신 피클과 소스에도 정찰제를 철저히 지킨다는 선진적(?) 영업 철학이 엿보이는 대목이다. 물론 콜라도 별도다. 오이 피클을 가리키며 "저거 그냥 주는 거 아니에요?"라든가 "저 소스들은 따로 사야 해요?" 하고 물으면 그는 정색을 하고 "통닭에 이익이 박해서 소스는 별도입니다." 하고 훈계하듯 또박또박 지적한다. "콜라가 왜 이렇게 비싸요? 바로 옆에 슈퍼에서 사면 더 싼데…" 하다가는 여지없이 그의 따가운 눈총을 받아야 한다. 이렇다 보니 개운치 않은 앙금이 생기고 처음에 호기심으로 한두 번 가던 사람들도 발길을 뚝 끊게 된다. 옛날 맛도 한두 번이지, 그의 계몽적인 눈빛을 마주치면서까지 통닭을 사 먹기는 싫은 것이다. 그리고 보니 배달도 안 되잖아? 결국 5개월을 못 넘기고 문을 닫은 옛날통닭 가게에는 벌써 곱창집이 들어왔다. 고등학생쯤으로 보이는 아들과 딸이 가게에 나와서 일손을 돕고 있다.

박스리어카 장 씨
– 꽃피는 백골

그는 사랑하고는 거리가 멀었다. 사랑은 그의 것이 아니었다. 숱한 고비를 넘고 허기를 끄면서 그냥 살았다. 죽은 아내에게도 평생 그 말을 해 주지 않았다. 감은 눈의 장막에 과거의 장면들이 스쳤다. 식민지와 육이오와 보릿고개가 지나갔다. 4.19와 5.16과 고속도로가 지나갔다. 부모 형제도 지나갔다 자식들도 지나갔다. 울면서 아내도 지나갔다. 그는 점점 혼자가 되었다. 그는 혼자인 것에 상심하다가 분노하다가 잠꼬대처럼 울컥 뭐라고 내뱉었다. '이놈들아'인지 '야야야'인지 귀조차 가물가물했다. 듣는 이 없이 쇠잔한 그는 이윽고 남은 숨을 거두었다. 한줄기 눈물이 눈가를 타고 흘러내렸다. 초개의 생을 마감하는 이슬방울이었다. 그는 가장 평화롭게 몸을 놓았다. 그는 말 대신 긴 냄새로 사랑을 피웠다. 녹아내린 몸이 장판을 타고 번지다가 번지다가 천천히 말랐다. 봄이 왔다. 문이 열렸고 사람들이 부산하게 움직였다. 목련꽃이 뒤늦은 시취를 풍겼다. 아홉 시 뉴스에 그의 죽음이 불려 나왔다.

LA김밥 부부

'LA갈비는 알고 있는데 LA김밥은 뭐야...' 무심코 지나가다가 한 번쯤은 간판을 힐끗거리게 된다. 평수가 워낙 작아서 턱 높이로 만든 주방 앞에 길쭉하게 붙인 식탁이 전부다. 세 명이 앉으면 빡빡할 듯. 주방 쪽으로 쪼르르 코를 박고 먹는 꼴이다. 그나마 손님이 앉아 있는 것을 본 적이 별로 없다. 가끔 가게 앞에 배달 오토바이가 서 있고 안에서 친절한 목소리가 새어 나오는 걸 보면 배달 전문인 듯하다.

40대 초반에 회사 생활을 접고 백수가 된 남편이 못마땅하여 싸우기도 했지만 이혼하지 않은 다음에야 그냥 참고 사는 수밖에 없다. 30대 후반인 아내는 여전히 젊고 예쁜 미모를 가졌다. 거울을 볼 때마다 미세하게 늙어가는 자신을 한탄하면서 요즘은 남아도는 미모가 아깝다는 생각을 부쩍 하고 있다. 아닌 게 아니라 그녀의 미모는 지금 당장 홈쇼핑 쇼 호스트로 나가도 손색이 없을 만큼 출중하여 이런 변두리 동네의 김밥집에서 썩기에는 아깝다. '아직 젊으니까 뭐라도 해야지.' 한 달에 한 번꼴로 아들 집에 오는 시어미의 말을 받아 뭐라고 한마디 쏘아주고 싶었지만 참고 살았다, 중소기업 이사직을 끝으로 퇴직한 시아버지는 상가 건물 두 채와 오피스텔 하나를 가지고 있고 거기에서 나오는 월세를 받아 생활하고 있다. 나중에 상가 한 채 정도는 물려받을 것이고 건강을 유지하는 덕분에 그나마 함께 살자고 하지 않은 것만 해도 고마워서 시어미의 말끝에 굳이 토를 달지 않는다.

"미진아, 우리 김밥집 할까? 떡볶이도 팔고… 요즘 코로나로 배달이 대세잖아? 우리도 배달 위주로 하면 굳이 큰 평수도 필요 없고." 남편의 철모르는 제안에 그저 재미로 응한 것이 오늘에 이르렀다. 그러니까, 'LA김밥'은 아내가 창안한 브랜드다. "히트 치면 큰 브랜드로 키울 수도 있으니까, 로고도 만들자." 'LA다저스' 분위기가 나도록 야구공과 베트를 단순화하여 직접 도안한 간판을 달았다. 이곳은 원래 약국이 나가고 문구점을 하던 곳인데 문을 닫자, 중고 명품 백을 팔다가 망하고 다시 1년 정도 비워져 있다가 지금의 LA김밥으로 바뀌었다. TV에서는 연일 '코로나 특수 배달 음식 앱 대박' 같은 뉴스들이 뜨고 있지만 사람이 앉아서 먹는 식당에 익숙한 이 동네 사람들에게는 먼 얘기일 뿐이다.

솥뚜껑삼겹살 조 씨

핵심은 솥뚜껑이다. 돌에 구우나 쇠에 구우나 고기 맛은 거기서 거기겠지만, 우리의 입은 뭔가 특별한 명분을 원한다. '솥뚜껑'은 이런 요구에 딱 부합하는 아이템이라 할 만하다. 그 옛날 어머니들이 불철주야 펄펄 끓이던 그 솥의 뚜껑이라는 상징과 시절 향수까지 더해져서 뭘 굽든 맛이 없을 리가 없다. 손님들은 맛보다 솥뚜껑이라는 상징에 흠뻑 빠진다.

점심시간이 지나고 서너 시가 되면 벌써 손님들이 몰리기 시작해서 퇴근 시간부터 밤늦게까지 대여섯 평 가게가 꽉 찬다. 요즘은 코로나로 9시까지만 문을 열지만 그 전엔 새벽 2시 넘어서까지 와글거렸다. 유동 인구가 거의 없는 변두리 동네의 골목식당임을 감안하면 실로 대단한 성공이라 아니할 수 없다. 전에는 순댓국집이었다가 칡 냉면 집이었다가 시름시름 앓는 환자처럼 뭘 해도 잘 안되는 가게였는데, 그가 오고부터 손님이 끓기 시작했다. 무엇보다 '솥뚜껑'이라는 아이템 덕분일 테지만, 그보다는 그의 남다른 사업 수완 덕분이라는 것이 더 정설이다.

그가 가게를 얻고 나서 내부 수리를 하면서 제일 먼저 한 일은 공간을 최대한 넓히는 일이었다. 카도 집이라 각진 자투리 공간과 바깥에 남는 여유 공간을 어찌어찌 덧대고 이어서 식탁 서너 개를 더 확보할 수 있었다. 바깥은 두꺼운 비닐로 둘러막아 여름엔 접어 올리고 겨울엔 내리는 식이다. 그는 카운터와 가게 전체를 꿰뚫고 있으면서 젊은 중국 아주머니 둘을 고용하여 손가락으로 쉼 없이 가리키며 진두지휘한다. 전장의 장수처럼 늠름하다. 그의 자신감 넘치는 표정을 보는 사람들도 좋은 기운을 받는 느낌이다. 솥뚜껑은 오늘도 지글지글 땀을 흘리고 있다. 구운 고기를 그다지 좋아하지 않는 사람이야 그저 멀뚱거리며 지나갈 뿐이지만.

성진철물건자재 강 씨

  도로 쪽 간판들이 나날이 바뀌어도 꼭 있어야 하는 가게는 그 자리에 있기 마련이다. 철물점이 그런 곳이다. 아시다시피 철물점이라고 철물만 파는 것은 아니다. 못과 철사는 기본이고, 물을 흘려주는 각종 관과 수도꼭지, 방충망, 샤워 호스, 톱, 망치, 펜치, 프라이어 같은 도구들과 다양한 모양의 전등까지 없는 게 없지만, 협소한 공간을 층층 앵글로 꽉 채워놓아서 드나들 땐 정글 속을 헤치는 기분이다. 가게는 그의 아내가 주로 지키고 있는데, 저 안에서 찌개 끓이는 냄새가 진동한다.

  강 씨는 배관 기술자로 젊은 시절 전국 공사장을 떠돌았다. 거짓말 조금 보태면 그가 설치한 호스 길이만 해도 지구 한 바퀴를 감을 정도는 될 것이다. 지금도 가끔 보일러 호스가 샌다거나 가정집 리모델링 배관 공사 의뢰가 들어오면 직접 가서 시공을 해준다. 그는 일이 없을 때도 가게에 잘 보이지 않는다. 가게는 그저 아내가 소일삼아 지키고 있다.

  "엘이디 등 없어요?" "무슨 등?" 엘이디 등의 개념 자체를 아예 모르는 그의 아내가 몇 번을 되묻는다. "제가 찾아볼게요." 보이지도 않는 앵글 선반 맨 위층을 더듬은 끝에 60와트 엘이디 판 3개가 붙어있는 등을 찾는다. "아이구, 무겁네. 이거 바깥어른한테 좀 달아달라고 하면 안 될까? 다는 값은 따로 드릴게." 아내의 전화를 받고 나타난 그가 나와 등을 번갈아 한 번 훑어보고는 자전거를 끌고 나선다. 낮술을 했는지 홍시 냄새가 솔솔 풍긴다. "집이 어디시더라..." "요 앞, 현대아파트..." 둘이 껴안고 받치고 어찌어찌한 끝에 무사히 등을 달고 줄줄 흐르는 땀을 닦는다. "얼마 드리면 돼요?" "등 값이 얼마래?" "예? 아까 아주머니한테 안 물어봤는데..." "그럼, 5만 원만 내." 뭔가 등 값이 5만 원보다 더 높을 것 같지만 다 알고 있을 것 같아 말을 달지 않는다. "수고하셨어요." 5만 원짜리 지폐를 탁탁 퉁기며 그가 가고 난 뒤에 아무래도 미심쩍어 인터넷으로 검색해 보니 똑같은 모델 제품이 8만 원이다. '이런 참...' 갑자기 부부의 허술한 장사에 웃음이 나온다.

뒤따라 철물점에 다시 갔지만 그는 아직 안 왔다, "등 값 8만 원에 수고비 2만 원 쳐서 10만 원 드릴게요. 아까 아저씨한테 5만 원 드렸으니까 5만 원만 더 드리면 되죠?" 그의 아

내가 어리둥절한 표정으로 돈을 받는다. 집에 오면서도 이 사
람이 분명히 그 돈으로 술을 마시고 있을 것 같은 느낌적 느낌
이 떠나지 않는다. '아주머니한테 아저씨에게 5만 원 줬다는
말을 괜히 했나...'

명성스튜디오 최 씨

암실에서 카메라에 감긴 필름을 뽑아낼 때 손끝은 항상 긴장된다. 필름이 현상액에 완전히 담가진 것을 확인하고 암막을 걷는다. 눈높이로 가로질러 친 줄에는 인화된 사진들이 빨래집게에 쪼르르 물려있다. 뒷문을 열고 나가면 플라스틱 탁자 위에 재떨이가 놓여 있고 프로판 가스통들이 기대어 있는 그 옆에 보일러실과 화장실이 있다. 한 뼘만 한 공터에는 풀들이 자라고 있다. 김 씨는 가끔씩 여기에 나와 담배를 피우며 한가로운 시간을 보낸다. 손에는 믹스 커피를 탄 종이컵이 들려 있다.

중학교 때, 카메라가 신기하고 재미있어서 친구들과 사진을 찍으러 다니면서 사진에 눈을 뜨게 되었다. 동네 사진관을 드나들면서 사진 지식을 쌓았고, 인근의 중고등학교 졸업 앨범을 그 사진관에서 도맡은 덕분에 바쁜 철에는 옆에서 조금씩 도와주는 재미에 푹 빠졌다. "야, 너 우리 집에서 먹고 자고 해라." 그는 고등학교를 졸업하고 그 사진관의 사진기사로 취직을 했다. 사진 기사라고는 하지만 사장의 일손을 돕는 '시다'에 가까웠다. 카메라가 귀하던 시절에 사진사는 고상하고 멋진 직업이었다. 사장은 호인이었는데 술을 좋아한 나머지 그만 간경화로 세상을 뜨고 말았다. "네가 사진관을 맡아서 해라." 그는 스물다섯 살에 사진관 사장이 되었다.

영원히 잘 되는 것은 없다. 디지털카메라가 유행하고 휴대폰 카메라가 보편화 되면서 옛날식 사진관은 거의 문을 닫았다. 모든 사람이 카메라를 들고 다니는 시대가 온 것이다. 배운 것이라곤 사진밖에 없는 그는 빠르게 변해가는 시절 인심을 원망했지만 어쩔 도리가 없었다. "핸드폰에 저장된 사진만 봐도 넘쳐." 이러니 사진관을 찾을 리가 있나. 아날로그적 감성을 자극하는 복고 정서가 꿈틀대고 '그때 그 시절'의 향수가 소비되기 시작하면서 그나마 문 닫을 상황을 면한 것만으로도 다행일 뿐이다.

'회갑 사진 돌 사진 + 무료! 가족사진 촬영 액자 증정' 밖에는 남녀 한 쌍이 사진관을 배경으로 사진을 찍는다. 그래도 약간의 희망은 있다고 생각하며 암실에 들어선 그는 핸드폰 셀카를 켜고 자신의 얼굴을 이리저리 비춰본다.

면사무소 박 씨

처마 밑에 동그란 입간판을 달았다. 흰 바탕에 명조체로 '면사무소'라고 쓰인 글자를 보다가 슬그머니 웃음이 난다. '국수를 파는 집'이라는 뜻이다. 누가 지었을까... 옷 수선집이었는데 어느 날 간판이 바뀌어 있다. 서너 평밖에 안 되어서 중앙에 2인용 식탁 두 개를 놓고 벽 쪽으로 기역자로 길쭉하게 탁자를 둘러쳤다. "어서 오세요." 앞치마를 두른 노신사가 친절하게 응대한다. 점잖고 중후한 풍모다. 백발인데도 머리숱이 많고, 큰 눈과 우뚝한 코가 어울리는 미남형이라 젊은 시절에는 여자들을 설레게 했겠다. 외모만 보면 그리 고생하지 않고 순탄한 삶을 살아온 듯하다. 그의 아내도 여염집 사모님 이미지다.

벽에는 잔치국수 비빔국수 칼국수 등의 메뉴가 적혀 있고, 한 뼘 옆에 냉면을 유독 크게 써 놓았다. "물냉면 하나 줘 봐요." 남자가 기다렸다는 듯이 주방 쪽을 향해 "물냉면 하나." 하고 상쾌하게 받는다. 초여름 날씨치고는 꽤 더운 날씨가 이어지고 있다. 살얼음이 언 냉면 육수가 시원하고 담백하다. 녹말을 다져 뽑은 면발도 적당히 부드럽다. 이 정도 맛을 내려면 여러 비법들을 터득했을 법하다. 유명한 냉면집 육수도 입맛이 붙기 전엔 행주 빤 물처럼 밍밍하기 마련이다. 아무튼 고급 행주를 빤 국물맛이라고 할까... 이정도면 괜찮다.

단골이 되기로 마음먹고 이틀에 한 번꼴로 들러서 냉면을 먹는데 손님이 없다. 어쩌다 한 명이 앉아 있지만 가끔씩 보는 초로의 사내뿐이다. (그도 나 같은 생각을 할까.) 대각선 50미터 맞은편에 동네 이름을 붙인 냉면집이 자리 잡고 있어서 학생들이나 젊은 사람들은 다 그쪽으로 간다. 그 집은 과일과 채소로 육수를 내는데, 덜큰하고 시큼한 맛이 별로여서 몇 번 가다가 발길을 끊었다.

문을 열고 들어서자, 대여섯 명의 손님들이 왁자하게 떠들다가 일순 조용해진다. "손님 왔어." "그래, 조용히 해." 서로 눈치를 주며 두리번거린다. 식탁에는 수박쪼가리와 술병들이 즐비하다. 그의 친구들이 응원 차 온 것이다. 벽 쪽으로 돌아앉아 냉면을 먹는 내내 뒤통수가 가렵다. 친구들은 보름에 한 번꼴로 찾아오는 듯하다. 유난히 더운 여름 한 철을 보내고 가을바람이 불기 시작하는 어느 날, 오랜만에 냉면이 먹고 싶어서 그 집을 찾았지만 문이 닫혀있다. '개인 사정으로 폐업합니다'라는 문구가 선팅 유리문에 붙어있다. 초여름에 개업했으니까 한 5개월쯤 됐나?

보배곱창 양 씨

그는 젊다. 40대 초반이라는 나이도 나이지만 호프집 편
씨, 염소집 배 씨, 쌀집 김 씨들보다는 상대적으로 어리다는
뜻이다. 그는 동네 아주머니들 사이에서 착실한 남자의 표상
이 될 정도로 생활 태도와 행동거지가 반듯하다. 그는 동네 술
허깨비들과는 거리를 두고 어울리지 않는다. 원래부터 술을
안 마시는지는 모르지만, 영업 중에 손님들이 권하는 술잔을
받아 마시거나 동네 술집을 돌아다니는 것을 본 적이 없다. 항
상 그 시간에 문을 열고 그 자리를 지키다가 시간이 되면 문을
닫고 들어간다. 그는 도로 쪽을 향해 있는 철판 화덕을 껴안고
서서 양손에 주걱을 번쩍이며 곱창을 버무린다. 직접 시연함
으로써 이른바 '실감 효과'로 손님을 끄는 전략이다. 그 덕분
인지 그의 곱창집은 맛집으로 소문이 나서 동네 중고생 단골
이 많다. '손님에게 친절하라. 싫어도 싫은 내색을 보이지 말
라. 영업 중에 술을 마지지 말라'는 원칙을 철저히 지키는 그
의 모습에서 숭고한 장사 철학을 엿볼 수 있다.

그는 10시가 되면 새 손님은 받지 않고 슬슬 문 닫을 준비
를 한다. 먼저 왔던 손님들도 이 집의 영업시간을 잘 알고 있

어서 대개 11시 이전에 자리를 뜬다. "이 집 문 닫을 시간이네." 앞치마를 벗고 손을 씻으려던 참인데 최 씨와 배 씨가 불쑥 들어선다. 불콰하게 취한 얼굴들이다. "어서 오세요." 웃음을 보이며 인사는 보내지만 똥 씹은 표정이 역력하다. "소주하고... 안주는 아무거나 줘 봐. 잠깐 마시고 갈게." "이 집 문 닫을 시간이야, 늦었어. 딴 데 가." 자기들끼리 티격태격하는 모습을 지켜보던 양 씨가 포기한 듯 "그럼 딱 한 병만 마시고 가세요." 하며 냉장고 문을 연다. 탁자를 닦고 있던 그의 아내가 눈짓을 보내며 도리질을 한다. 그는 아내를 못 본 체하며, 이왕 이렇게 된 거니까 너무 야박하게 하면 뒷말이 나올까 봐 소주 한 병을 들고 간다. 아내가 그의 뒤를 바짝 따라가며 손가락으로 등을 꼭꼭 찌른다. 엄청 아프다.

단명상요가 황 원장

2층이 명상센터고 요가학원은 3층이다. 명상센터는 그가 직접 운영하고 요가학원은 젊은 여자 강사를 고용하여 5대 5로 수익을 나눈다. 회원제로 운영하는 명상센터는 주로 남자들인데 반해 요가학원은 단연 여자 고객이 많다. 명상과 요가는 밀접한데 우리나라는 서로 다른 분야처럼 인식한다는 게 그의 불만 섞인 지론이다. 요가가 다이어트와 건강에 좋다는 소문을 들은 여자 고객들이 요가학원을 찾으면서 명상센터보다 훨씬 많은 수익을 올리고 있다. 붙임성이 좋은 젊은 강사의 영업 수완이 큰 역할을 하고 있다는 것쯤은 황 원장도 알고 있다. 혹시 다른 마음을 품은 강사가 손님을 끌고 나가버릴까 봐 조금 걱정이 되기는 한다.

그는 특별한 일이 없으면 개량 한복을 입는다. 수염을 길러서 꾀죄죄한 인상임에도 길러 묶은 머리카락 때문인지 묘한 카리스마를 풍긴다. 자연이 준 몸을 그대로 살린다는 것이 그의 외모 철학이다. 명상센터 벽에는 가부좌를 튼 사람의 머리 위에 아트만이니 카르마니, 바라문천이니 하는 범어 글자들과 천지인 같은 한자가 섞인 삼각형 모양의 도안이 걸려 있고, 그 옆에 수염이 북슬북슬한 몇 몇 요기의 사진을 붙여놓았다. '단 명상'은 우리나라에서 한 때 유행한 '단학'과 인도의 명상을 합친 퓨전 개념인데, 명상 분야의 전문가나 특정 명상센터의 회원이 아닌 다음에야 깊이까지 알 필요는 없다. 어쨌거나, 그는 한때 명상 열풍을 타고 돈을 벌어서 지금의 빌딩을 샀다.

명상센터에 나오는 회원들은 대략 두 부류로 나누어진다. 번듯한 직장을 가지고 있거나 은퇴한 사람들이 한 부류이고, 시회생활에 실패한 생계형 단독 생활자들이 또 한 부류를 이루고 있다. 전자들은 먹고 사는 걱정이 덜해서 순수하게 명상을 통해 자유를 얻고자 하는 반면, 후자들은 맨땅에 헤딩을 하듯이 명상을 파고드는 골수파들이다. 경제적으로 여유가 있는 전자들은 센터의 지부를 개척하고 수련원을 짓는 데 따른 발전 기금도 선뜻 내고 회비도 밀리는 법이 없다. 그러나 후자들은 회비도 자주 밀리고 그것 때문에 더욱 원장과 친밀해지려고 한다. 원장 입장에서는 부담스럽지만 대놓고 싫은 내색을 할 수는 없는 일. 센터에는 전자들이 들여놓은 냉장고에 김치와 반찬 등속이 들어있는데, 주로 후자들이 소비한다. 회비가 많이 밀린 사람은 총무에게 은밀히 지시하여 독촉하고 그만두게 하지만, 그래도 나가지 않는 사람은 쫓아낼 도리가 없다. 돈에 초연한 사람들이 오는 명상센터니까.

황 원장은 요즘 요가 강사에게 별도로 요가 지도를 받고 있다. 엎드려 한 쪽 다리 올리기, 목 껴안고 물구나무서기, 다리 사이로 머리 집어넣기 등의 기본 동작은 벌써 익숙하다. 더 다양한 동작에 익숙해지면 근처 백화점 문화센터에 요가 강좌를 개설해 볼 생각이다.

헌책방 살롱데미안 김 작가

아시다시피 '살롱'은 프랑스식 술집인데, 소설가인 김 씨가 간판에 살롱이라는 이름을 붙인 것도 그런 분위기를 염두에 두었을 테다. 그가 헌책방을 연 것은 호구지책이기도 하지만 돈을 벌겠다는 것보다는 '한곳에 소일하는 사람'이 되고 싶은 소박한 동기가 크다. 작가랍시고 게으름 따위를 예찬하며 빈둥거리는 것도 싫고, 몇 달 전만 해도 큰 출판사의 독립채산제 자회사의 편집디렉터로 일하던 그였기에 무엇을 하든 마음 붙일 일을 찾다가 헌책방을 차리게 된 것이다.

그의 사업장은 차들이 달리는 대로변 건물 2층에 있다. 두껍고 비뚤배뚤한 도안체로 '살롱 데미안'이라고 쓴 큼지막한 글자 앞에 '헌책방'이라는 글자를 붙이지 않았다면 술집으로 착각할 수도 있을 법하다. 대개 서점은 1층에 있어야 창유리 안으로 책도 보이고 손님들이 손쉽게 드나드는데 가파른 계단을 밟고 2층까지 올라가는 수고를 감수하면서 찾아올 손님은 별로 없다. 하루 종일 한두 명 들까 말까. 요즘 트렌디한 '문화 공간 겸 책방' 개념도 생각해 보았으나, 몇몇 그런 책방들을 둘러보고는 얕은 의도가 빤하게 보여서 그냥 헌책방으로 정했다. 그는 '동네 헌책방 김 씨'가 되고 싶다고 SNS에 몇 번 올린 적이 있다.

가게를 열고 한두 달 사이에 몇몇 지인들과 문인들이 축하 인사차 다녀간 것을 빼면 손님이라고 할 만한 사람들이 없다. SNS를 보고 찾아오는 사람들은 일주일에 손가락으로 꼽을 정도다. 신기한 듯 이것저것 한참 구경을 하고 그냥 나가는 사람도 있다. 한 달간 책방을 찾은 손님의 수와 팔린 책의 제목을 욀 정도니까 매출은 고사하고 가게를 유지하기도 벅차다. SNS를 통해 책을 소개하여 얻는 판매 수익과 출판사에서 맡겨주는 교정 일거리로 겨우 버틴다. "이쪽 공간을 활용해봐." "차와 술을 파는 것은 어떨까. 살롱이잖아?" 딱하게 여긴 지인들이 잔소리 같은 조언을 하지만 다 해본 생각이라 심드렁하게 흘려듣고 만다.

그는 오늘도 아무도 오지 않는 책방 구석에 앉아 페이스북을 훑어보며 '동네 헌책방 김 씨 되기'에 몰두하고 있다. 동묘 풍물시장에서 제법 큰돈을 주고 구입한 독일제 진공관 라디오

에서 슈베르트의 세레나데가 흘러나온다. 코로나가 물러가면
비어 있는 회의실 공간을 어찌어찌 활용해볼까 생각중이다.
곧 봄이 올 것이고, 날이 따뜻해지면 더 좋아지리라는 막연한
설렘이 몰려온다. 내일까지 넘기기로 한 교정지에 다시 눈을
박는다.

오징어트럭 김 씨

15, 16단지로 들어가는 길목에 10년 넘게 그의 트럭이 지키고 있다. 퇴근 시간이 시작되는 오후 5시부터 저녁 9시까지가 그의 근무 시간이다. 수족관에는 수산시장에서 실어 온 오징어들이 기포를 받으며 움찔거리고 있다. 스트레스를 받은 오징어의 눈은 언제 봐도 무섭다. 그의 오징어 트럭은 근처 아파트에 사는 사람들도 익숙해서 "오징어회가 먹고 싶군. 트럭에 들렀다가 와." 할 정도다. 오징어가 잘 잡히지 않는 철에는 생선과 멍게 등을 곁들여 판다. 간혹 '산 오징어 3마리 만원'이라고 쓴 글씨에 두 줄을 긋고 '싯가'라고 써 놓기도 한다. "큰 놈으로 한 마리만 썰어 줘요." 회사원으로 보이는 남자가 익숙하게 주문을 하고 기다린다. 한 손엔 만두가 든 비닐봉지를 들었다. 수족관에서 꺼낸 오징어를 도마에 올리자마자 익숙하게 가른다. 달인이라 해도 손색이 없을 정도로 일사불란한 솜씨다. 오징어는 자신의 몸에 칼이 지나간 줄도 모르는 듯 꿈틀대며 쓱쓱 썰리는 자신의 몸을 지켜보고 있다. 1분이나 되었을까? 그는 순식간에 썬 오징어를 봉지에 담아 남자에게 내민다. 남자는 도마에 물을 붓고 싹싹 닦는 그의 손길에서 개운한 카타르시스를 느낀다. 유체 이탈한 오징어의 영혼이 트럭과

점점 멀어지면서 희박해진다. "한 마리 얼마예요?" 싯가라고 써놓은 가격표를 보면서 아주머니 한 분이 묻는다. 그는 물이 번들거리는 비닐 앞치마를 훔치며 다시 수족관에서 오징어 한 마리를 떠낸다. 조는 듯하던 모터 소리가 깜박 깨어나면서 불빛이 잠깐 어두워졌다가 다시 밝은 빛을 밀어 올리고 있다. 아침 출근길에 지나가다가 그 자리를 보면 깔끔하게 치워져 있어서 전날 밤에 그곳에 트럭이 있었는지 없었는지 흔적을 찾을 수 없다. 퇴근길에 그의 트럭은 어김없이 그 자리에 있을 것이다.

청산25시슈퍼 전 씨

　다세대 빌라 단지 앞에 '지에스25' 대기업 프랜차이즈 편의점이 들어오고부터 손님이 확 줄었다. 불과 50미터 정도밖에 떨어져 있지 않아서 타격이 크다. 장 씨의 슈퍼 뒤쪽 다세대주택가 사람들도 그의 눈치를 보며 그쪽으로 가는 것이 보인다. 새 곳을 좋아하는 학생들이야 그렇다 치지만 단골이라 터놓고 지내는 '김재희 미용실' 원장과 '안동삼베수의' 박 씨조차 발길이 시들해졌다. 30년 동안 지켜오던 가게가 최대의 위기를 맞은 것이다.

　그는 바닥에 전기장판을 깐 한 평 남짓한 마루에 앉아 텔레비전을 보면서 하루일과를 보낸다. 점심은 대개 여기서 해결한다. 그의 가게에 들어서면 과자 냄새, 라면 냄새, 찌개 냄새 같은 것이 뒤섞여서 묘한 향수를 일으킨다. 그는 누가 뭐래도 이 자리가 편하다. 그가 기대는 벽은 까만 머리때가 반질반질 묻어있다. 장사가 잘되지 않아 골병든 사람처럼 시름시름 마음을 앓던 장 씨의 머릿속에 떠오른 생각이 '25시'라는 단어였다. 지금 쓰고 있는 '청산슈퍼' 간판 중간에 '25시'를 넣자는 아이디어였다. '한일광고간판' 김 씨 부자를 불러 부탁한 며칠

후, 그의 가게는 '청산25시슈퍼'라는 간판으로 거듭났다. 때에 전 아크릴 간판을 떼어내고 엘이디 등을 내장한 최신 디자인으로 교체하고 나니 이마의 근심이 사라졌다. 새로 앵글을 짜고 품목별로 물건을 정리하고 내부 조명등도 새로 설치하여 한결 깔끔하고 환해졌다. 그는 간판을 보기 위해 은근히 밤이 기다려지기도 했다.

간판 하나만 바꾸었는데 새 가게가 된 듯, 디자인적으로도 프랜차이즈 편의점 못지않은 근사한 기분이 들었다. 그러나 그렇다고 뜸한 손님이 갑자기 몰려올 리는 없었다. 한 달 두 달 지나자, 그마저도 심드렁해졌다. 가게 앞에 내다 놓은 채소와 과일에 파리들이 앉기 시작하자 가게는 예전의 그 슈퍼로 돌아오고 말았다. 채소와 과일을 내다 놓는 프렌차이즈 편의점은 없다. '지에스25'를 지나서 60m 정도 걸어가다 보면 권 씨의 '청산25시슈퍼'가 있다.

정 시인의 수선화 개화사건

베란다에서 담배를 피우고 들어가려는데 창가 화분에 노란
빛이 눈에 들어온다. 수선화 꽃이 피었다. '엇!' 정 씨는 동작
을 멈추고 번개처럼 찾아온 시상詩想에 잠긴다. 꽃은 언제나
잊어버린 시간을 틈타서 핀다. 꽃이 피는 것을 직접 본 사람은
없다. 1초에 26프레임 정도로 감지하는 사람의 눈으로는 그
것을 볼 수 없다. 꽃은 그러니까 사람의 눈 밖에서 피는 것이
다. 그래서 꽃은 항상 새롭고 설레는 환대를 선사한다. 꽃은
천천히, 그리고 갑자기 눈앞에 피어 있는 것이다.

지난봄에 활짝 핀 수선화 화분을 사다가 부엌 싱크대에 올
려놓고 보다가 꽃이 시들고 뿌리와 줄기가 검게 짜부라들어서
말라 죽었거니 하고 베란다에 내쳐 두었다. 난蘭 화분에 물을
줄 때도 그쪽은 물길을 향하지 않았다. 추위에 얼어 죽은 것
이 분명했기 때문이다. 그런데 2월 중순 경부터 깡마른 뿌리
를 뚫고 파란 삭이 올라오기 시작하더니 3월이 채 되기도 전
에 꽃망울을 터뜨렸다.

"여보, 나와 봐. 수선화가 피었어!" "그러게 내가 뭐랬어. 가

만히 놔두면 봄에 올라온다고 했잖아?" 아내도 대견한 목소리로 받는다. "죽은 자식이 살아 돌아온 것 같아. 하하. 사실은 내가 조금씩 물을 주었거든. 다 내 덕분이야." 말끝에 슬쩍 그의 공을 끼워 넣자, 아내는 "가만히 두면 올라온다니까."라며 그의 말을 애써 외면한다. 어쨌거나 수선화는 피었고, 그와 아내는 기분이 좋아졌다.

하나관광 최 씨

그가 관광버스를 모는 것을 본 사람은 없다. 자기가 몰았다면 몬 것이지 누가 증빙자료를 보자고 하지 않는 한 그걸 확인할 길은 없다. "내가 하—나 관광에 있을 때 말이지..." 이 말은 성당에 다니는 김 교구장이 "내가 흑석동에 살 때 말이야..." 와 같은 맥락인데, 이른바 '물 반 고기 반' 시절의 이야기다. 그는 '하나관광'이라는 발음을 굳이 '하—나 관광'으로 길게 발음하는데, 잘 못 들으면 '한화관광'으로 오해할 법하다. 발음 습관인지 큰 기업체처럼 들리게 하려는 의도인지 분명하지는 않다. 이웃 동네에서 들어와 개업한 지 얼마 안 된 '팡팡 노래방' 정 씨도 처음에는 '한화관광'으로 들었다가 나중에야 관광버스 운전기사였다는 것을 알고 실소를 자아내고 말았지만.

그는 아담한 체구에 동글동글한 외모의 호인 스타일이다. 여름에 그는 주로 이, 김, 박 등과 어울려 '오즈호프' 편 씨의 바깥 파라솔에서 술추렴을 하는데 그의 걸걸하고 허스키한 목소리는 멀리서도 단박에 알 수 있다. 사람 좋은 그의 목소리에 동네 가게 아주머니들도 스스럼없이 말을 섞는다. 술값도 외상을 하지 않고 꼭 자기가 먹은 만큼 지폐를 탁자에 두고 간다. 물론 그가 낸 지폐는 그날 술값을 내기로 한 최 씨나 김 씨의 호주머니로 들어간다. 그는 동네 위쪽에 오래전에 지어진 다세대 주택 단지에서 살고 있는데, 누구와 뭘 먹고 사는지 가족관계 같은 것을 아는 사람은 별로 없다. 오후가 되면 내려와서 이 가게 저 가게를 다니며 특유의 목소리로 말빨을 세우다가 늦은 밤에 올라간다.

그런 그가, 어느 날부터 보이지 않아서 궁금해하고 있을 무렵에 죽었다는 소식이 들려왔다. 염소집 김 씨의 말을 빌리면 자다가 그냥 일어나지 않았다는 것이다. 장례식은 큰 병원에서 치렀다고 한다. "허 참. 그렇게 가다니..." "아들이 둘이나 있다더군." "죽은 사람에겐 미안한 말이지만 그렇게 편하게 죽는 것도 복이야." "목소리가 귀에 쟁쟁하네. 인생 참..." 삼양슈퍼에서 낮부터 술판이 벌어지고 있다.

잡화 아저씨

　그는 가끔 이곳에 나타난다. 잡화들을 슈퍼 앞 인도에 펼쳐 놓고 그는 멀찌감치 물러서서 이쪽을 바라보고 있다. 마음껏 구경하라는 배려. 손님이 물건을 잡고 요리조리 살펴보다가 두리번거리면 그가 다가온다. "2,000원." 말이 짧다. 하긴 할 말이 없긴 없다. 물건이 담긴 광주리마다 매직으로 큼직하게 쓴 가격표를 붙여놓았고, 보시다시피 가격이 워낙 박해서 흥정할 일도 없다.

　바가지 컵 다용도 가위 음식 집게 과도 망치 펜치 만능니퍼 박스 테이프 공업용 커트 칼 줄자 거울 때 타올 컵 걸이 전기 모기 채 모기향 고무장갑 플라스틱 살강 국자 수저 조미료통 분무기 병 나프탈렌 이쑤시개 면봉 수도꼭지 샤워 호스 부챗 살 찜 판 거름망 냄비와 후리이팬 밥공기 국 대접 뚝배기 맥반 석 불판 머그잔 등등… 요즘 각광받는 '다이소'가 옮겨 온 것 같다. 좌판 옆 1.5톤 트럭에는 스텐 냄비와 주전자들이 주렁 주렁 매달려 있다. 그는 잠시 화장실을 갈 때도 좌판을 그대로 둔 채 갔다 온다. 하필 그 시간에 물건을 고른 사람은 그가 올 때까지 기다려야 한다.

부쩍 길어진 해가 라일락 나무의 옆구리에 스며들 무렵, 그는 펼쳐놓은 물건들을 주섬주섬 거두기 시작한다. "나도 시마이해야겠네." 저 옆에 땅콩 멸치 건어물 트럭 아저씨가 이쪽을 보며 웃는다. 햇빛을 받은 이빨이 반짝 빛난다. 건어물 아저씨의 말을 받은 그가 "시마이합니다~ 시마이~ 시마이~" 하면서 혼잣소리로 흥얼거린다. 물건을 다 실은 그의 트럭이 동네 큰길 쪽으로 비보호 좌회전을 하며 사라진다.

연세학원 김 원장

　명문대학교 이름을 붙인 학원은 '명문대 = 명문학원'이라는 등식을 심어주어서 학부모와 학생들의 자긍심을 높인다. '그 학원에 보내면 우리 아이가 명문대를 갈지도 모르겠군.' 치과나 개인병원, 태권도 도장들도 이런 심리를 이용한다. 가령, '경희대 태권도'나 '연세치과'는 학교 이름을 그대로 차용한 경우이고, 간판 옆에 서울대 마크를 붙이는 것도 같은 맥락이다.

　대로변 사거리에 위치한 그의 학원은 20년째 같은 자리를 지키고 있다. 다닥다닥 붙은 작은 교실 대여섯 개 정도로 운영하는 인근 영세 학원들보다 규모가 커서 지역 거점 학원이라 해도 손색이 없을 만하다. 골목상권 개념과는 거리가 멀고, 자영업자니, 소상공인이니 하는 말도 잘 어울리지 않는다. 대단지 주공아파트를 끼고 있어서 학생들을 모으는 데 큰 어려움이 없고, 학생 인구가 점점 줄어들고 있기는 하지만, 규모와 진학률 등의 경쟁우위로 큰 어려움 없이 학원을 돌리고 있다. 이익의 선순환이라고 할까, '교육 사업에 불황은 없다'는 말은 거의 진리인 듯하다. 자식을 학원에 보내는 데 인색할 학부모는 없으니까. 학원은 가도 되고 안 가도 되는 곳이 아니라 필

수니까.

  강사들 월급과 건물세, 관리비를 빼고 그가 한 달에 가져가
는 돈은 5천만 원 정도. 이것저것 더 뺀다고 하더라도 연봉 5
억은 족히 될 것이다. 물론 여름과 겨울 방학 비수기를 고려
한 수입이다. 커피숍이나 술집들과는 달리 학원은 코로나 규
제 예외 업종에 들지만, 소상공인 코로나 피해지원 대상에는
포함된다. 연간 소득 10억 이하 소상공인으로 기준을 느슨하
게 잡았기 때문이다. 올해만 해도 두 차례에 걸쳐 300만 원씩
600만 원을 받아먹었다. 그는 경리와 관리를 겸하고 있는 상
담 선생에게 홍삼엑기스 선물세트를 안겨주면서 인심 좋은 사
장 흉내를 내지만 상담 선생의 반응은 영 떨떠름하다. "학원
도 많이 어렵죠?" 누군가로부터 이런 질문을 받을 때면 그는
갑자기 오만상으로 찌푸린다. "코로나 때문에 미치겠어요."
이번 주말엔 인근 학원장들과 어울려 필드에 나갈 참이다. 그
는 원장실 책상 앞에서 헛스윙 자세를 반복하며 싱글 타의 꿈
에 부풀어 있다. '전국학원연합회' 소속 지역학원장협의회에
가입한 학원장들 모임이다.

콩사랑두부 양 씨

가마솥에서 콩 삶는 김이 펄펄 날린다. 김 속에 머리를 박은 그가 솥에서 퍼낸 콩을 찬물이 흐르는 대야에 옮겨 담는다. 그 옆에는 전기 맷돌이 돌아가며 갈린 콩을 게워 내고 있다. 저걸 거름 천에 넣고 꽉 짜서 나온 콩물에 간수를 넣어 굳히면 두부가 된다. 짜고 남은 비지는 비닐봉지에 담아서 손님들에게 무료로 가져가게 한다. 사각 두부 틀에는 벌써 콩물이 굳으면서 순두부 꽃을 몽글몽글 피워내고 있다. 그는 일 년 열두 달 콩을 삶고 갈고 짜고 굳히는 일을 빼먹어본 적이 없다.

어머니의 식당 일을 거들어주면서 두부 만드는 법을 배운 터라 병을 얻은 어머니가 갑자기 세상을 뜬 후에도 식당을 이어가는 데 크게 어려움은 없었다. 벌써 20년째니까, 어머니가 해온 기간까지 합하면 50년 전통을 가진 두부 전문 식당이다.

그의 식당은 식도락가들의 블로그에도 소개되고 공중파 방송에서도 방영된 '맛집'이다. 아내가 카운트를 지키고 그는 오직 두부 만드는 일에 몰두한다. 콩 삶는 김에 푹 전 그의 몸에서 구수한 콩 냄새가 난다. '두부 장인'의 포스가 느껴지는 대목이다. 식당은 그가 사는 가정집을 개조한 것이다. 원래는 산 입구 쪽 무허가 가건물에서 영업을 했으나, 계곡 정비 사업이 시작되고, 반듯하게 지어진 건물에 등산복 가게들이 들어서면서 이곳으로 옮겨왔다.

그는 담장을 헌 마당에 콩 삶는 가마솥을 걸고 두부를 만든다. 주위에 '두부 전문'을 내세운 경쟁 식당들이 많이 생겨서 예전만 못하지만 그래도 주말에는 단골 등산객들로 꽉 찬다. '목요산악회'나 '광석회' '야호산악회' 등 몇몇 골수 단골 멤버들은 형님 동생하며 지낸다. "형님, 콩물 없어요? 콩물?" 가끔 맷돌로 간 콩물을 한 그릇씩 퍼서 단골들에게 서비스할 때도 있는데, 그 맛을 못 잊어서 은근히 기대하는 사람도 있다. "딱, 한 그릇이야." 그가 콩물을 사발 째 퍼서 건네며 사람 좋은 웃음을 짓는다. 하루에 이삼십만 명이 넘어가던 코로나 확진자 수가 점점 줄어들고 있다는 뉴스를 보면 지루한 코로나도 이제 끝물인 듯하다. 올봄에는 새로운 두부 메뉴를 내놓아 볼까 생각 중이다. 산초 기름에 붙인 두부 아이템인데 아직 정확한 이름을 붙이진 않았다.

복권판매점 아무개 씨

'전국 최다 00번째 1등 당첨!' 그의 복권 가게 앞에 서너 겹씩 줄을 선 사람들을 보는 것은 흔한 풍경이다. 로또 마니아들의 성지로 통하는 이곳은 경향 각지의 '인생 한 방'들이 다녀간다. 사실은 같은 동네에 사는 나도 몇 번 가서 복권을 산 적이 있다. "그저께도 1등이 두 명이나 나왔다는군." "복권집 주인은 복도 많아." "여기 터가 명당이야." 부러움섞인 탄식부터 "나도 한 장 사볼까." "일등이 60번이면 돈이 얼마야!" 돈의 액수를 곱해보는 사람들까지 이곳을 입에 올릴 때마다 반응들이 다양하다.

이 동네에 꽤 오래 산 나 같은 사람도 그에 대해 아는 바가 별로 없기는 마찬가지다. "자동은 이쪽으로, 직접 수기할 분은 저쪽으로 서세요." 보안요원처럼 눈빛이 매서운 젊은 여자 한 명이 방문자들을 향해 교통 정리를 하고 카운트에는 건장한 중년 남자가 팔짱을 낀 채 매장 전체를 감시하고 있다. 아마도 주인의 아들인 듯하다. "아이 씨~" 소심한 사람이 망친 복권을 구기면서 인상을 찌푸린다. 수험생처럼 복권을 앞에 놓고 천장을 보며 한참 생각을 하는 사람도 있다. '비풍초칠'

어젯밤 꿈에 본 복권 숫자를 떠올리는 걸까? 한꺼번에 20여 장씩 복권을 앞에 놓고 줄을 긋는 사람도 있다. 인생은 한방이니까... 출력기를 향해 줄을 서서 한 발씩 나아가는 모습은 마치 순례자의 행렬처럼 장엄하기까지하다.

문득 '돈줄'이라는 말이 생각난다. 여기에 오는 사람들이야 일확천금을 노리겠지만, 복권가게 주인의 입장에서 보면 자발적으로 돈을 갖다 바치는 희한한 돈줄이 아닌가 말이다. '돈줄이 보여!' 일찍이 그의 사주를 본 사람이 이런 말을 했을 때도 그는 믿지 않았을 것이다. 모르긴 해도 웬만한 1등 당첨금보다 훨씬 많은 수익을 올리고 있을 그의 안부가 부럽고 궁금하다. "그 사람 참, 전생에 독립운동을 했나..." "가만히 있어도 사람들이 돈을 갖다 바치려고 1년 내내 저렇게 줄을 서잖아?" "팔자 참 더럽게 좋네."

불타는포차 이 씨

가게로 들어가려면 비닐 천막으로 둘러친 문을 열고 들어가야 한다. 효율적으로 공간을 이용하려는 궁리 끝에 그렇게 한 것이겠지만 어쨌든 '포장마차'를 연상시키는 인테리어인 셈이다. 메뉴가 빼곡히 적힌 벽 위에 '속에 천 불'이라고 큼지막하게 써놓았다. 청양고추를 듬성듬성 썰어 넣은 부추전이 인기다. 마흔 중반인 그는 다부진 체구에 찢어진 눈매를 가졌다. 얼핏 보면 '동네 어깨' 같은 분위기를 풍긴다.

이십여 평 가게에 동그란 탁자들이 여남은 개쯤 놓여있고, 안주는 없는 것 빼고 다 있다. 쭈꾸미 고갈비 낙지 소라 해삼 멍게 오징어 조개탕 등등 해산물은 물론이고 오돌뼈 볶음 불닭발 계란말이 등도 준비되어 있다. 모든 안주를 망라한 '종합 포차'라 할 만하다. 고추부추전은 이 집의 시그니처 메뉴다. 주방은 그의 아내가 맡고 그는 서빙을 한다. 첫 아내는 그의 술버릇과 바람기를 견디지 못하고 일찍 떠나갔다. 뒤늦게 정신을 차린 그는 실비 술집을 운영하던 이혼녀와 동거 끝에 지금의 가게를 차렸다. 가게를 열고 처음에는 '실내포차' 붐이 불어서 장사가 잘되었지만 코로나가 확산되면서 손님들이 줄기 시작해서 이제는 서너 테이블도 채우기 힘들다. 그나마 손님 수와 시간제한 때문에 초저녁 장사도 어려워졌다. 백신 접종 체크와 마스크를 지적하는 그의 험한 인상을 접한 손님들은 탁자에 앉기도 전에 "다음에 올게요." 하고 슬금슬금 나가 버리고 만다.

소주와 맥주를 사서 집에서 마시는 '혼술'이 유행하는 것도 못마땅하다. '혼자서 무슨 술맛이 나나?' 속에 천불이 난다. 영업 제한 시간인 10시가 되자마자 문을 닫아걸고 아내와 머리를 맞대고 입출금기를 두드려보지만 두 자리 숫자가 세 자리 숫자로 뛸 리는 없다. 기껏 세 테이블 받은 매출액은 머리로 외워도 충분하다. "코로나 때문에 다 망하겠네, 정말." 아내가 뾰로통하게 쏘아붙이지만, 그의 잘못은 아니다. 어차피 가게도 그녀의 돈으로 얻었으니까.

술주전자 김 씨

"북부지청 검사 홍XX입니다. 3월 29일 영업방해 사건 피해자 김XX 씨 되시죠?" "네? 아...예예..." "가해자와는 합의를 봤습니까?" "합의고 뭐고 연락이 없어서..." "가해자 처벌을 원하십니까?" "그 사람 감방 가요?" "고소인의 의사에 따라 정상 참작할 수 있습니다." "지금 대답해야 해요?" "다음 주 25일에 다시 전화드릴 테니까, 그때까지 의견을 정해서 알려주시기 바랍니다." 전화를 끊은 그는 잠시 심란해진다. 안 그래도 장사가 안 되어서 폐업을 할까 생각하던 차에 이런 일까지 생겨서 짜증이 난다.

꼴통들은 꼭 문 닫을 시간에 나타난다. "이... 집... 술 팔죠? 막걸리 한 병하고 부추전 하나만 조요." 1시가 다 돼갈 무렵에 들어온 손님이 문제였다. 들어올 때까지만 해도 별로 취한 기색이 없고 짧게 마시고 나갈 것 같아서 받긴 받았는데 세 시가 다 돼가는데도 자리를 뭉개고 앉아 기도를 하듯 꾸벅꾸벅 졸고 있었다. 일부러 청소를 하는 척 왔다 갔다 하며 나가 달라는 내색을 보였지만 일어설 기미가 없었다. "여기... 막걸리 하나 더 조요." 손님의 말을 기다렸다가 그는 그만 정색하고 말았다. "손님, 문 닫을 시간입니다. 많이 취하신 것 같은데 그만 들어가세요." "아... 미안합니다... 미안..." 그러고는 또 골아 떨어져버렸다. 화가 치밀어 올라 깨우고 부축하고 하는 와중에 주전자가 엎질러지고 접시가 떨어져 깨지면서 옥신 각신하는 것을 본 주방 이모가 112에 신고를 한 것이다. 경찰서에 가서 조서를 쓰고 나오는데 동이 트고 있었다. "저 사람은 영업방해죄로 넘기겠습니다. 나중에 검찰에서 연락이 갈겁니다." 그리고 한 달 정도 지난 오늘 연락을 받은 것이다.

생각해 보니 그 손님도 나쁜 사람은 아닌 것 같고 그도 이런일을 몇 번 겪어봐서 그냥 혼만 내주는 선에서 지나가려고 잊고 있었는데, 막상 검사로부터 전화를 받자 귀찮은 생각이 든다. 합의금을 받는다고 해도 얼마를 받을 것이며, 그게 인생에큰 보탬이 되는 것도 아니어서 스스로 옹졸하다는 생각이 든다. 자신도 술집에서 싸워서 가해자로 합의금을 물어준 적이있어서 갑자기 그 손님이 불쌍해진다. "여보세요. 저... 아까전화 주신 검사님... 예예예... 처벌을 원하지 않습니다. 합의도 필요 없고요. 그냥 없던 일로 해주세요. 예. 예. 감사합니다." 전화를 끊은 그의 얼굴에 미소가 번진다. 마치 큰일을 한 것처럼 뿌듯하다. 그나저나 그 손님은 그의 이런 기특한 마음을 알까... 간판에 돌출식으로 다닥다닥 붙여놓은 주전자 장식들이 오후의 햇빛을 받아 반짝이며 더욱 깊은 음영을 드리운다. 5시부터 문을 열긴 열어야 할 텐데...

우리 동네 아저씨들

초판1쇄 발행 2024년 6월 25일

지은이   정병근
펴낸이   이지순

편집   성윤석   **디자인** 디자인무영
제작   뜻있는 도서출판
          경남 창원시 성산구 중앙대로 228번길 6 센트럴빌딩 3층
          전화 055-282-1457
          팩스 055-283-1457
          이메일 ez9305@hanmail.net

펴낸곳   사유악부
           (사유악부는 뜻있는도서출판의 현대문학 임프린트입니다)

ISBN   979-11-985307-4-5   03810